장례식에의 초대

양인철 지음

장례식에의 초대

발행 2016년 04월 05일
저자 양인철

펴낸곳 주식회사 부크크
주소 경기도 부천시 춘의동 202 춘의테크노파크2차 202동 1510호 (주)부크크
전화 070)4085-7599
E-mail info@bookk.co.kr
ISBN 979-11-5811-880-8

www.bookk.co.kr

장례식에의 초대

양인철 지음

/ 차례 /

전쟁의 추억

전쟁의 추억

1

증기 기관차가 움직이기 시작했다. 과거 외세의 앞잡이와 침탈자를 태우고 달렸던 기차가 지금은 피란민을 싣고 달리고 있었다. 추풍령에 이른 기차가 허덕거리더니 똬리굴 속으로 들어갔다.

철마를 처음 보았을 때의 두려움을 숙자는 잊을 수 없었다. 바닷속의 용이나 불가사리라는 괴물처럼 현실감이 없었고 도깨비를 대하는 것 같은 두려움을 안겨주었다. 숙자는 자신도 모르게 눈을 감았다가 떴다. 사방이 깜깜해 지하왕국에 들어온 것처럼 여겨졌다. 굴은 구불구불하고 아주 길었다. 다시 눈을 떴을 때는 환한 햇빛이 쏘아대고 있었다. 그런데 굴을 통과한 사람들의 모양새가 달라져 있었다. 피란민들의 얼굴에 까마귀 털 같은 그을음이 앉아 있었다. 사람들은 서로의 얼굴을 보며 허연 이를 드러내고 미소를 지었다.

숙자는 옆에 앉은 어머니를 보았다. 처음에 어머니는 피란민에게 나누어주는 주먹밥을 자식들에게만 주었다. 그것을 자식들은 당연히 받아서 먹었다. 다음 날도 다음 날도 마찬가지였다. 그러다 3일이 지났을 때 그녀는 커다란 잘못을 저지르고 있음을 깨달았다. 부모를 위할 줄 모르는 버릇없는 자식을 만들고 있는 것이 아닐까, 하는 두려움이 아니었다. 이제 그런 겉치레나 교육은 아무래도 좋았다. 3일을 굶은 그녀는 더 이상 자신이 사람이라는 느낌이 들지 않았다. 자식이 눈에 보이지 않는 것이 아니라 자식들이 먹을 것으로 보였다.

'나부터 살아야 하는 거지. 나는 인간이지. 흡혈귀처럼 먹어야 사는 인간!'

이런 자각이 들자, 그녀는 더 이상 자기 몫의 주먹밥을 자식들에게 주지 않았다. 자식들이 껄떡거려도 그녀는 매정하게 뿌리쳤다. 그러면서 그녀는 사람으로 돌아오고 있었다. 자식과 먹을 것을 분간할 힘이 생겨났다.

그녀는 아버지 없이 자신의 팔에만 매달린 자식들의 무심하고 천진난만한 눈망울을 발견했다.

"이제 어떻게 살아야 하지?"

누구에게 답을 구하기 위해 해본 말이 아니었다. 대신초등학교에는 서울에서 온 피란민들이 우글거렸지만 이 말에 대답해 줄 수 있는 사람은 아무도 없었다. 게다가 많은 피란민들이 배탈에 시달리고 전염병에 고통스러워하고 있었다. 스스로 묻고 스스로 답을 찾는 수밖에 없었다.

"정말 어떻게 살지?"

죽으려고 했다면 쉽고 간단한 일을 그녀는 다른 피란민들처럼 삶의 본능을 강하게 느끼고 있었다. 죽는 것은 언제 죽어도 죽을 거 굳이 서두를 필요가 없었고, 눈앞에 닥친 어려움 때문에 죽는다면 자신이 너무 하찮지 않겠는가. 그녀는 이런 생각을 했다. 죽는 순간이 닥쳐오기 전까지 자식 둘을 살려내야 하는 것이 사명처럼 여겨지기도 했다.

남편이 옆에 있었다면 좀 더 살기가 수월했을 테지. 다른 여자들처럼 말이지. 자식들 보살피기도 쉬웠을 테고. 그러나 언제까지 이런 생각만 하고 있을 수는 없었다. 그녀는 아까시나무처럼 강한 여자였고 남편에게만 전적으로 의지하며 살아오던 다른 여자들과 달랐다. 그녀는 몇 달 전부터 코빼기도 보이지 않았던 남편을 자신의 머릿속에서 몰아냈다. 남편 있는 여자들 모습도 징그럽다고 몇 번이나 외쳤다. 그런 뒤 그녀의 입에서 한숨이나 욕지거리가 나왔을까. 아니었다. 그녀는 원망할 상대가 없었다. 그녀는 아주 가늘게 숨을 쉬면서 오랫동안 고개를 떨어뜨린 채 생각에 잠겼다.

숙자는 옆에서 어머니를 보고 있었다. 눈물을 흘리거나 어깨를 들썩이는 것이 보이지 않았다. 숙자는 잠시 어머니 옆에서 떨어져 있다가 다시 몇 차례 다가가기를 되풀이했다. 나중에 생각해도 어머니는 딸로서도 이해하기 어려운 냉정한 데가 있었지만 어려운 상황에 맞닥뜨릴 때마다 지혜를 발휘해 위기를 헤쳐 나갔다.

아주 오랜 시간이 지난 후에 그녀는 고개를 들었다. 그 눈길은 처음에는 어둡고 음울한 것이었지만 차츰 밝고 환하게 바뀌었다. 그녀는 옷깃에 매달린 브로치를 보았다. 언젠가 남편이 생일선물로 그녀에게 주었던 순금 브로치였다. 그녀의 눈은 그것처럼 번쩍 빛났다. 그녀는 날치기가 자신의 브로치를 가져가지 않음에 감사하고 또 감사했다. 실수로 자신의 몸에서 날아가 버리지 않음에도 감사했다. 하긴 이런 브로치에 다들 신경 쓸 정신이 없었다.

그녀는 밝고 환한 표정으로 옷깃에서 금 브로치를 떼어냈다. 5돈쯤이나 될까. 그녀는 금 브로치를 화폐로 바꾸고 나서 제일 먼저 고등어를 샀다. 한 광주리 고등어를 사고 10원을 지불했다. 이것들을 굽거나 찌개로 만들 여유는 없었다. 솥에 푹 쪄서 아이들과 배가 터질 정도로 먹었다.

2

제2의 플루토늄 공장이 북한의 어느 곳에 있을 것이다, 라던 카더라 통신. 그들은 2003년 3월에도 카더라 카더라, 하는 통신을 일삼았다. 그러다가 이라크 전쟁이 임박해오자 미국의 첨단 무기들을 홍보하는 역할을 담당했다.

'지난주 공개한 MOAB탄, 이른바 슈퍼폭탄의 폭발 장면입니다. 엄청난 굉음과 함께 버섯구름이 피어오릅니다.……풀밭이나 콘크리트 바닥에 뿌리면 얼음보다 세 배나 미끄러워 적군이 걷지 못하게 하는 물질 등 각종 신무기가 실전투입을 기다리고 있습니다.'

신나게 떠들어대는 앵커와 기자들의 음성. 니들이 전쟁을 알아? 니들은 전쟁이 무엇인지 모르고 실전에 참가해 본 적도 없지? 병수는 텔레비전 전원을 꺼버렸다. 그런 후 모자를 쓰고 배가 볼록한 배낭을 짊어졌다.

"당신 젊었을 때 모습이 나오네."

숙자의 말에 병수가 빙그레 웃었다. 숙자는 이웃이나 가족들에게 지극한 사랑을 받는 남편을 올려다보며 모자를 벗겼다가 다시 씌워주었다.

그녀의 아들은 아버지 같은 인생을 살기만 하면 성공한 인생이라고 입버릇처럼 말해왔다. 그래, 세상에 이런 아버지는 흔치 않지.

"오늘 산에 오르는 거 보면 당신도 알 거야. 아직도 내가 얼마나 쓸 만한지."

병수의 말에 숙자는 지난 5년간 자신이 섹스 없이 살아왔음을 떠올렸다. 병수의 당뇨와 고혈압으로 말미암아 그것 없이 살아온 시간은 길고 고단했다. 종교의 힘이 아니었다면, 사랑이 아니었다면 견디기 힘들었을 것이다. 어쩌면 월남전의 후유증일 수도 있었다. 본인은 굳이 아니라고 말하고 있었지만.

병수는 전투 부대 소속이 아니라 공병대 소속이라고 몇 번 말해왔다. 그러니 고엽제와는 아무런 관계도 없다는 것이다.

"예지 아빠, 안녕하세요?"

숙자는 운전석의 수철을 향해 상냥한 서울 사투리로 말했다.

"할머니도 안녕하세요?"

숙자는 산타모의 뒷좌석에 앉았다. 옆으로 수철의 아내인 주희, 딸인 예지와 예민이 앉았다.

"자, 출발합니다."

수철이 뒤를 보며 말했고, 이것을 숙자가 받았다.

"경주 남산으로!"

숙자는 한동안 자신의 가슴을 설레게 했던 주희를 보았다. 주희는 그녀에게 없는 것들이 있었다. 활발한 움직임, 재치 있는 언변, 크고 늘씬한 키에 광대뼈가 나왔지만 예쁜 얼굴, 소설가인 남편 등. 둘은 무려 20년 나이 차가 났지만 목욕탕에서 쉽게 친구가 되었다. 주위에 친구가 없었던 것은 아니었다. 단지 프로이트와 마르크스를 분간할 수 있는 사람들이 없었을 따름이다. 그녀는 과거 어머니가 그랬던 것처럼 많은 사람을 만나 사귀었고 무언가를 베풀며 살고자 했다. 그 결과 순박하고 좋은 사람들을 만났다. 뚱땡이 아줌마, 성안의 서씨댁, 교회의 신도들. 그 밖에도 많은 사람들이 있었다. 그런데 사람들과 오래 관계를 지속하면서 숙자는 아주 사소한 것들로 인해 사람들에게 상처를 받았다. 병수가 보기에 아무것도 아닌 것들로 인해 그녀는 종종 우울한 기분에 사로잡혀 고통스러운 시간을 보냈다.

주희와 수철을 만나게 된 것도 그런 때였을 것이다. 두 사람을 그때까지 알던 사람들과는 좀 차이가 있었다. 그들은 기독교 신자가 아니었지만 신이나 자연에 대한 깊은 이해가 있었다. 타고난 비순응주의자들이었지만 인간을 사랑하고 있었다. 좀 더 나은 세상을 후세에 물려주려면 어떻게 해야 하는지 알아가는 과정에 있었다. 그리고 대화를 하다 보면 불안함이 가시고 편안함을 느꼈다.

이런 것들이 나의 어떤 것을 건드릴 것일까. 어쩌면 호르몬의 분비라는 것을 촉진하는 상대들이 아닐까. 그래, 호르몬, 맘에 드는 단어로군. 들뜬 그녀는 병수에게 이 단어를 몇 번이나 언급하며 자신과 주희 사이에 일어나는 반응에 대해 말했지만 응답은 시원치 않았다. 하긴 이 양반은 늘 나를 과소평가는 경향이 있어. 나는 키도 작고 볼품이 없지. 사람들 눈에 띄지도 않고 말이야. 그래서 그녀는 주희 부부에게 호르몬에 대해 말했는데 둘은 숙자가 새로운 학설을 찾은 것처럼 반가워했다. 이건 누구도 생각지 못한 새로운 발명이에요, 라고 주희와 수철은 몇 번이나 말했다. 수철은 언젠가 소설 속에 써먹을 것이라고도 했다.

"애들이 남산에 올라갈 수 있을까요?"

주희는 유치원에 다니는 아이들이 산에 오를 수 있을지 걱정하고 있었다.

"괜찮아. 괜찮아! 더 작은 애들도 잘 올라가. 산도 별로 안 높고. 애들은 들로 산으로 뛰어다녀야 해. 꽃도 알고 나비도 보아야 하는 거야. 그래야만 자연이 무엇인지 알게 되지."

병수는 자신과 같은 달에 태어난 자연주의자, 루소의 에밀을 들먹이며 말했다.

"저기 좀 봐요!"

삼릉에서 시작된 비탈길은 위험해 보였다. 뱀처럼 흉측한 모습을 드러낸 소나무 뿌리와 빗물에 패인 진흙 구덩이를 보고 주희가 외쳤다.

"안 되겠어. 애들은 하나씩 맡아야겠어."

아이들이 몇 번이나 넘어지는 것을 잡아주던 병수가 기우뚱했다. 수철은 예지의 손을 잡았고 병수는 예민을 자신의 앞에 세웠다.

"전쟁이 정말로 일어날까?"

병수의 물음에 수철이 고개를 저었다.

"그렇게 쉽게 미국이 이라크를 침공할 리 없어요. 국제 사회 여론이라는 것도 있으니까요."

병수가 미처 대답하기도 전에 뒤처져 오던 숙자가 격하게 손을 내저었다.

"언제는 전쟁이 예고하고 일어나? 나는 대선 전에 미국이 북한 선박을 나포했다길래 북한이 쳐들어오는 줄 알았어. 그랬다면 이번에도 부산으로 대구로, 원주로 피란 가야지."

"요새는 피란 가 봤자예요. 미사일이 날아다니는데요."

옆에서 오던 주희가 말했다. 이번에는 병수가 받았다.

"그래. 그렇겠네. 집에 가만히 앉아서 죽던지 살던지 해야겠구만 그래. 옛날에는 참 어쩌고 피란을 다녔을까?"

그 순간에 병수는 베트남전에서 죽었던 병사들을 생각했다. 아침이면 도착하던 트럭의 모습이 아직도 생생했다. 먼저 군악대원이 내리고 장송곡이 울렸었지. 전사자들의 시신이 옮겨지는가 싶더니 그 곡이 끝나기도 전에 화장터로 사용하는 발전소의 굴뚝으로 푸른 연기가 피어올랐어. 부산항을 떠나면서 꼭 살아서 고향으로 돌아오겠다고 외쳤던 그들. 과연 자유를 위해 싸웠을까. 그것이 그때는 분명하게 대답할 수 있었지만 지금도 그렇다고 말할 자신은 없었다. 명분 없는 전쟁에서 졌기 때문이라고 할 수도 있지만 살아남은 참전용사들은 고엽제에 시달리며 죽거나 고통스럽게 삶을 이어가야 했다. 아무튼, 전쟁이 나면 큰일이야. 병수는 이미 죽어 흙이 되어버린 신화, 박정희를 생각했다. 나중에 안 일이었지만 박정희가 미국에 매달리지 않았더라면 병수가 미국에 갈 일은 없었을 것이다. 그 때 벌어들인 돈으로 경제성장을 하지도 못했을 것이고. 그래, 그때 우리는 놋쇠나 구리가 없었어. 그래서 포탄껍데기를 트럭으로 날라서 들여온 거고. 그는 더 깊이 수렁으로 들어갔다. 박정희가 지금까지 살아 있었다면 우리에게 핵무기가 있었을지도 몰라. 그랬다면 미국이나 북한에 큰소리를 칠 수 있었을 것이고.

병수는 지난 대선에 민주당을 택하지 않았다. 전쟁을 체험하지 못한 요즘 젊은이들은 어딘지 모르게 허약해 보였다. 어려운 일이 닥치면 쉽게 포기하고 좌절하는 모습을 보였다. 그런가 하면 민주화 운동을 한답시고 이만큼 경제를 성장시켜 놓은 아버지들을 몰아세우고 있었다. 권위적이고 가부장적인 사회를 개혁해야 한다고 외치고 있었다. 지들이 먹고 살기 시작한 게 누구 때문인데?

예지와 예민은 병수의 말처럼 잘 걸었다. 업어달라고 칭얼거리지도 다리가 아프다고 주저앉지도 않았다.

"좋아, 정상까지 잘 올라가면 할아버지가 인형 하나씩 사준다."

병수의 말에 주희도 바위를 넘고 있는 아이들을 독려했다.

"애들아, 할아버지가 인형 사준대."

그 말에 아이들은 더욱 힘을 내서 산을 기어올랐다. 병수는 자신이 좋아하는 가곡, 선구자를 부르기 시작했다.

"일송정 푸른 솔은 늙어 늙어 갔어도……."

이것은 곧 찬송가로 바뀌었다가 군가로 바뀌었다.

"싸워서 이기는 화랑도의 십자군 /어제는 붉은 무리 무찔러 이기고/오늘은 정의 심어 어둠을 밝히니/내일엔 꽃이 핀다 평화의 꽃이."

병수는 생애 첫 일전을 치르기는 했지만 베트남전에서 최일선에 있었던 것은 아니었다. 그는 전투병이 아니라 공병이었다. 병수는 방아쇠를 당기던 때의 느낌을 떠올렸다. 다른 병사들과 함께 칠흑 같은 어둠 속에 비를 맞고 있었다. 곳곳에 서 있는 야자수들이 그들을 보았고 대나무 숲과 우거진 정글이 몇 차례 울어댔다. 고향과 상관이 없는 낯선 공기가 더 공포를 자아냈다. 감나무와 소나무, 침묵을 지키는 산이 있어야 했다.

"후드득!"

갑자기 사탕수수밭이 일렁이며 무언가 빠르게 움직였다. 덜컥 겁이 난 그는 M16 방아쇠를 당겼다. 보이지 않는 적을 향해서였다. 두둑 두두둑

총구에서 불이 뿜어져 나왔다. 사람의 얼굴이 코앞에 있었다면 하지 못했을 일을 보이지 않기에 그는 할 수 있었다.

비상 사이렌이 울리고 취침에 들었던 병참부대원들이 뛰어나왔다. 그들은 사탕수수밭을 수색하고 거기서 일하던 베트남인들을 잡아들였다. 까무잡잡하고 약간은 왜소해 보이는 인부들에게 취조관은 무어라고 했을까? 네가 베트콩이냐, 아니면 네가 베트콩을 숨겼지, 바른 대로 말하지 않으면 넌 죽는다, 라고 캐물었을 것이다.

이후 그는 2군수지원단의 공병으로 집을 짓고 다리를 놓는 일을 했다. 죽은 베트남인들의 명복을 빌기 위해 절을 짓기도 했다. 그러다 한 번씩 전쟁의 민얼굴을 보았다. 군수물자를 실러 가거나 부대로 돌아오는 길에서 만난 의무대의 트럭을 통해서였다. 머리가 터지고 팔다리가 잘려나간 부상자들이 거기에 실려 있었다.

"야호! 야호!"

예민과 예지, 수철이 정상 바위 위에서 함성을 질렀다. 병수도 있는 목청을 다하여 고함을 질렀다.

"여기서 과일하고 음료수 좀 먹어요."

주희가 가방 속에서 비닐봉지를 꺼냈다. 사과와 배가 들어 있었다. 병수는 사과 조각을 물고 신맛과 단맛을 느꼈다. 아직 감각이 살아 있었다. 아직 나는 죽지 않았군. 그러다가 병수는 월남에서 먹었던 야자와 얼굴 곳곳에 주름이 진 노파를 생각했다. 나트랑에 도착한 지 얼마 지나지 않았을 때 순박한 남자가 건네주었던 야자. 부대원들과 산비둘기 사냥에서 돌아왔을 때 털을 뽑고 요리를 해주었던 노파. 이것들 외에 병수는 베트남에 대해 말할 것이 없었다. 가만, 바나나가 생각이 났다. 수입

산 바나나처럼 물컹거리지 않았다. 말랑말랑하고 바삭거리는 것이 얼마나 입을 흐뭇하게 했던가. 또 얼마나 많이 있었던가. 곳곳에 널린 바나나를 아무 때고 원하는 대로 먹을 수 있었다. 그에 비하면 안남미는 맛이 없었다. 쌀알이 길쭉하고 맛이나 찰기가 한국 쌀보다 떨어졌다.

"우리가 먹고살게 된 것이 얼마 안 돼. 내가 월남 갔다 왔을 때만 해도 정말 못살았어."

병수는 자신의 음성을 들으면서 물자가 풍족한 요즈음이 왜 더 행복하지 않은지 생각했다. 예전엔 부족했지만 좀 더 사람다웠어. 풍족하다고 좋기만 한 건 아니야. 다시 그는 월남 풍경을 그렸다. 2모작을 하는 논 속으로 뛰어들던 물소가 신기했다. 자전거를 타고 하얀 아오자이를 휘날리던 베트남 처녀들은 어떤가. 그녀들을 보면 늘 가슴이 설레었다. 그런 그녀들이 쉽게 늙는다니. 그녀들은 사오십 세만 되어도 뼈가 앙상하고 피부가 쭈글쭈글해졌다. 이것이 병수는 서글펐다. 그래, 위문 공연을 본 적이 있었다. 위크리인가, 이미자인가 한명숙인가. 아마 동백 아가씨나 노란 샤쓰 입은 사나이를 불렀을 거야. 가수들은 선물로 냉장고, 텔레비전, 내셔널 라디오를 선물로 가지고 갔지.

병수는 다시 입을 열고 현실로 돌아왔다.

"그때 한 달 봉급이 18,000원에서 20,000원 정도 했어. 그 돈을 은행에 차곡차곡 넣어놨는데 제대 후에 찾았더니 꽤 됐어. 조흥은행 영등포 지점에서 찾은 돈이 50만 원이 넘었으니까. 물론 전사한 군인들은 더 받았겠지."

"그때는 다들 못살았어요. 제가 초등학교 4학년 때 동네에 전기가 들어왔거든요."

수철의 말에 주희가 거들었다.

“그쪽이 늦기는 늦어.”

주희가 수철을 가볍게 동정했다. 그것이 누구의 탓인지는 중요하지 않았다. 수철의 동네 사람들은 일본 속의 조선인이거나 아메리카의 흑인이었다. 여태껏 폄하되는 광주 민주화 운동만 보아도 그랬다.

“집도 다 초가집이고 지붕개량도 안 했던 시절에 50만 원은 정말 큰 돈이었어.”

병수가 다시 한 번 강조했다.

3

검정 고무신 음악에 맞추어 아이들이 신나게 춤을 추고 무대에서 우르르 내려갔다.

“좀 나갔다 올게.”

예지의 재롱잔치를 보던 숙자가 자리에서 일어났다. 그녀는 문을 열고 보온병과 커피가 마련된 탁자로 걸어갔다. 이제 다시 떠나야 한다면 어느 곳일까? 그녀는 피란 시절을 다시 떠올리고 있었다. 수원일까, 부산일까, 대구일까? 전쟁이 일어났을 때 숙자는 겨우 8살이었다.

초등학교 입학한 지 얼마 지나지 않은 6월 토요일 밤. 잠이 들었던 숙자는 마을 사람들이 울려대는 북과 꽹과리 소리에 눈을 떴다.

“난리가 났어, 난리가!”

다급한 목소리로 어머니가 방문을 열어젖혔다. 가까운 곳에서 고함 소리가 크게 들려왔다.

"어서 일어나라, 숙자야! 난리가 났다!"

"무슨 일인데 그래?"

"어서 일어나!"

어머니는 숙자를 두들겨 깨웠다. 숙자는 원피스에 게다(왜나막신)을 신었다. 마을 사람들에게 난리를 알려준 사람들은 월남자들이었다. 그들은 자신들이 직접 본 탱크와 인민군에 대해서 놀란 얼굴로 외쳐댔다. 어서, 가야 돼요. 난리가 났어요, 난리가 났어요! 그들은 아직 전쟁이라는 용어를 쓰지 않았다. 어머니는 따져볼 겨를도 없이 서둘러 피란준비를 했다.

"아주 잠깐 집을 나가있을 거야. 며칠 지나면 돌아올 거고."

어머니는 잠에 든 어린 남동생을 들쳐 업었다. 숙자는 어머니의 말을 곧이곧대로 믿었다. 잠시 친척집에 다녀오듯 떠났다가 집에 돌아오면 될 줄 알았다.

"엄마, 아빠는 어쩌고?"

"아빠도 알아서 피란을 할 거야."

나중에 알았지만 아빠는 그 때 충무로에서 다른 여자와 살림을 차린 상태였다.

"아빠도 알아서 피란을 할 거야."

그들은 마을 사람들과 함께 노량진을 향해 걸었다. 어머니는 남동생을 업었고, 그녀는 뒤를 따랐다. 마포에서 노량진까지 어떻게 걸어갔는지 기억할 수는 없었다. 그것은 전쟁 기간 중 아주 짧은 시작에 지나지 않았다. 그녀가 기억할 수 있는 것은 길 떠나기에 적합하지 않는 차림을 한 인파였다. 그 곳까지 가는 동안 그녀는 다시 한 번 아버지에 대해 물었다.

"아버지는 어떻게 하고 있을까?"

이 말에 대한 어머니의 응답은 그다지 곱지 않았다.

"그래, 너는 네 아빠 밖에 모르냐?"

어머니는 아버지 때문에 단단히 화가 나 있었다. 작은여자 집에 있겠지. 난리가 난 줄을 알까. 제 본부인하고 새끼들이 사경을 헤매는 줄을 알까? 아니 그 여자와 같이 약삭빠르게 한강 다리를 건너 기차를 타고 있을지도 모르지. ― 숙자는 어머니가 했을 생각을 예순을 향해 다가가고 있을 즈음에야 떠올릴 수 있었다.

얼마 후 인파는 한강철교 앞에 도착했다. 사람이나 차들이 자유롭게 건넜던 다리는 바로 조금 전 제 구실을 할 수 없게 되어 있었다. 녹아내리고 있는 금속 다리, 물속으로 곤두박질치거나 피투성이가 되어 철교 곳곳에 걸린 송장들. 흡혈귀를 만난 것처럼 들려오는 아우성. 건널 수 없음을 알면서도 무작정 다리를 향해 달려가는 사람들. 그들은 삶이 아니라 죽음을 향해 달려가고 있었다.

"흥, 서울을 사수할 것이라고?"

마을 사람 누군가가 대통령의 말을 비웃었다. 그 자는 아주 오래 전부터 이 민족에게 지은 죄가 있었다. 하와이 사탕수수밭에서 일하던 동포가 준 성금을 제 안락을 위해서 쓴 죄, 맥아더에게 알랑거려 민족을 갈라놓는데 앞장 선 죄를 추궁했어야 했다.

"다시 마포로 가자!"

어머니의 말에 숙자는 왔던 길을 되돌아 가야한다는 것을 알았다. 동네 사람들 속에 남동생을 업은 어머니, 어린 그녀가 그려졌다. 힘겹게 걸음을 뗐다. 어머니의 샌달과 달리 그녀의 게다(왜나막신)는 딱딱 소리를 냈다. 굽이 나무로 된 게다를 어디까지 신고 갔을까. 언제 다른 신발로 바꾸어 신었을까. 그녀가 떠올리는 피란 중의 어린 소녀는 늘 게다를 신고 딱딱 소리를 내며 걸었다.

마포로 돌아온 사람들은 나루로 갔다. 2002년 월드컵 주경기장에 모인 것과 비슷한 수의 사람들이 나루에 모였다. 물론 경기장에 있던 사람들의 환희는 없었다. 남루함과 초조함, 초라한 슬픔이 있었을 뿐이었다.

뎀마(나룻배, 傳馬船)라는 큰 배였다. 거대한 쇳덩어리로 보이는 배에 많은 사람들이 탔다. 수많은 소들도 태웠다. 사람 탈 자리도 없는데 소까지 태운다고 고함을 지르는 사람이 있었지만 아무 소용이 없었다. 숙자도 이해할 수 있었다. 그들에게 소는 오랜 친구였고, 생명의 젖줄이었다.

"저건 탈 수 없겠어!"

어머니는 배에 오르는 것을 포기했다. 나중에 이 순간을 떠올릴 때마다 숙자는 어머니가 얼마나 현명했는지 감탄했다.

기우뚱해질 만큼 많은 사람과 가재도구, 소를 실은 뎀마는 겨우 출발했다. 나루에 남은 많은 사람들은 절망적인 표정으로 떠나는 배를 보고 있었다. 그리고 얼마 후 그들은 자신의 운명이 예사롭지 않다는 것을 깨달았다. 전쟁의 고통이 온 몸을 관통하도록 내버려둘 뿐 어떤 손도 쓸 수 없고, 깊게 패이는 상처에 길게 신음하며 자신들이 태어난 땅과 인간으로 태어났음을 저주해야 하는.

뎀마는 출발한 지 채 오 분도 되지 않아 침몰했다. 물속으로 뛰어드는 몇몇이 있었지만 대부분의 사람들은 바닥에 가라앉았다. 그 때 숙자는 남아있던 사람들의 표정에서 아무 것도 보지 못했다. 통곡해야 할 일이었지만 다들 무표정했다.

우리는 타지 않기를 잘했지. 나중에 어머니는 이런 말을 했지만 당시에는 아무 말이 없었다. 어머니는 숙자에게 남동생을 잠시 데리고 있으라고 했다.

"어디 가면 안 돼. 이 자리서 꼭 기다리고 있어."

시간이 흘렀다. 그녀는 나루에서 약간 떨어진 곳에서 남동생 손을 잡고 쉼없이 오가는 물결을 보고 있었다. 한 물결이 나루에 닿을라치면 또 하나의 물결이 그 위를 덮쳤다. 물결이 오가는 동안 억겁의 시간이 흐는 듯했다.

"자, 이쪽으로 와."

어머니는 어디선가 보트를 하나 끌고 왔다. 어디서 난 것인지, 어떻게 끌고 왔는지는 묻지 못했다. 어머니가 노로 쓰기 위해 사과궤짝을 부수는 것을 보며 숙자는 어디서 그런 생각이 났을까 감탄하고만 있었다.

"자, 어서 타자. 일단 한강을 건너고 보자."

어머니의 말은 냉정하고 차분했다. 어떻게 사람이 저럴 수 있을까. 그 후에도 숙자는 어머니가 흔들린 모습을 본 적이 없었다. 눈물 흘리는 것도 보지 못했다. 그 때 어머니는 기가 꺾여 한숨을 쉬는 대신 살 길을 찾아 부지런히 몸을 움직였다. 그래서였을까. 어머니는 자식들을 살리고 주위 사람들에게도 많은 것을 베풀었다.

신교육을 받아서 그랬을까. 지혜가 있었던 분이고 보면 그만한 일로 의기소침해지지 않았지. 어머니는 이물과 고물에 아이들을 앉히고 사과궤짝에서 뜯어낸 판자를 들어 젓기 시작했다.

"배를 꼭 붙들고 있어야 한다. 한강 물 속에 빠져 물고기 밥이 되지 않으려거든."

숙자는 힘껏 뱃전을 잡았다. 어머니가 판자를 저을 때마다 배는 나루에서 멀어졌다. 반나절이나 될까 말까 한 시간. 손톱이 뭉개지도록 숙자와 남동생은 뱃전을 움켜잡고 있었다.

그녀는 아직 어렸다. 강을 건너고 나서는 걷는 것이 고통스러웠다. 어디를 향해 가는지, 얼마나 되는지 알 수 없었다. 그 뒤에 어떻게 평택까지 가게 되었는지 또 군인을 만났는지 어머니 도움을 받지 않을 수 없었다.

커다란 초가집. 어머니로부터 이 말을 들었을 때 기억이 되살아났다. 평택 어딘 가였다. 군인 아저씨가 돼지 한 마리를 잡고 있었다. 가마솥에 물을 끓여 죽은 돼지에게 붓고, 날카로운 칼로 검은 돼지털을 밀었다. 그런 다음 배를 가르고, 김이 나는 창자를 꺼냈다. 창자 속에는 이미 곤죽이 되어 노랗게 변색된 음식물들이 들어 있었다. 그러는 사이 마당은 피로 흥건하게 젖어버렸고 파리 떼가 웅웅거렸다.

군인아저씨는 주변에 모인 사람들에게 돼지고기를 잘라 주었다. 숙자 차례가 되었을 때 군인아저씨는 빈손임을 보더니 자신이 차지한 정지에서 양은 냄비 두 개를 꺼내왔다.

"여기에 끓여 먹으면 된단다, 꼬마야."

군인아저씨는 양은 냄비에 고기를 담은 후 마당 한 쪽에 있던 감자밭으로 달려갔다. 하얀 꽃이 핀 줄기를 잡아당기자, 감자가 함께 딸려 나왔다. 손으로 땅을 파헤쳐 찾아낸 몇 개의 감자. 그것까지 냄비에 담고 군인아저씨는 숙자를 보았다.

"꼬마야, 이리 와."

"예, 아저씨."

그녀는 군인아저씨 가까이 갔다. 그는 양은 냄비 두 개를 포개 새끼줄로 동여맨 후 멜빵을 달아 숙자의 어깨에 얹어 주었다.

"이제 됐다."

"……."

숙자는 무어라고 고맙다는 말을 해야 할지 울먹거리다가 달려 나오고 말았다. 왜 그랬을까. 너무 어려서였을까. 아무리 그래도 고맙다는 인사는 해야 했어. 나중에까지 그 말이 목에 걸려 있었다.

초가집을 나선 그녀는 부리나케 어머니를 향해 내달았다.

"저기 군인아저씨가요."

그녀는 허겁지겁 어깨에 메고 있던 냄비를 풀어놓았다. 어머니는 냄비 속의 고기와 감자를 보았다.

"기특한지고. 이제 너는 혼자 살아도 되겠다."

고기와 감자는 아껴 먹었음에도 불구하고 얼마 가지 못했다.

얼마 뒤 그녀는 양은 냄비를 맨 채 수원을 향해 가고 있었다. 이후 두 차례 더 피란길에 나섰지만 이때처럼 멀다고 느껴진 적은 없었다.

"어서 와. 숙자야."

그녀는 자신도 모르게 졸고 있었다. 며칠 동안 자지 못해 잠이 쏟아져 내렸다. 그래서 자꾸만 뒤쳐지고 있었다.

"숙자야!!"

마침내 어머니는 그녀의 따귀를 세차게 갈겼다. 몇 번이었던가. 두 번, 세 번? 알 수 없었다. 따귀를 맞은 후 얼마 동안 그녀는 정신을 차려 어머니를 쫓았다. 그러나 전쟁이 일어난 후 제대로 잔 적이 없는 그녀는 또 어머니를 놓쳤다.

"숙자야, 숙자야!!"

딸이 뒤에 없는 것을 안 어머니는 뒤돌아서 내달렸다. 졸고 있는 그녀를 발견한 어머니는 욕지거리를 퍼부으며 세차게 뺨을 갈겼다. 탁, 탁, 탁, 탁. 그녀는 머리를 쥐어 박히거나 걷어차이지 않은 게 다행이었다. 정신이 들면 걷고, 졸리면 뒤쳐질 뿐이었다.

그러다가 그녀는 헬리콥터 한 대를 보았고 그 뒤로는 쉽게 잠들지 못했다. 어디선가 날아 온 작은 헬리콥터. 그것은 걷고 있는 피란민들 코앞에 폭탄을 투하했다. 날아가는 팔다리들, 머리, 살점. 퍼뜩 눈을 뜬 그녀는 어머니 손을 꼭 잡고 헬리콥터에서 달아났다. 무엇이 잘못되었던 것일까. 저항할 무기도 없는 피란민들. 그들은 고작 제발 살려줘요, 누구 없어요, 라고 소리치고 있었다.

4

재롱잔치가 끝나고 돌아가는 길이었다. 차 안에서 주희는 수철이 아이들에게 쓴 카드를 읽어주고 있었다.

예지에게 한 가지 고백할 것이 있어. 작년에 산타할아버지가 주었다는 선물 말이야. 사실은 할머니가 예지에게 선물한 거였어. 할머니는 정말 예지와 예민이를 사랑하시나 봐. 그래서 '한 겨울 밤'이라는 노래를 불러달라고 하시기도 하고.

솔직히 산타를 본 사람은 없어. 어쩌면 산타를 도깨비라고 생각하면 좋을 거야. 옛날이야기에 나오는 착한 도깨비 말이지. 도깨비가 방망이로 요술을 부려 예지가 내년에 사랑반이 될 때까지 아무런 일이 일어나지 않도록 해준다면 좋겠어. 좋은 크리스마스가 되기를 바래. 메리 크리스마스.

"그래, 요즘 아비이들은 자상도 하지. 내가 어렸을 때만 해도 이러지 않았어. 아비이들은 애가 우는지 자는지도 몰랐어. 일을 하던가 술을 마셨지만 관심들이 없었지. 그렇지만…… 동경 유학까지 다녀오신 분이라 그랬는지 모르지만 우리 아버지는 좀 다르셨지. 비록 바람을 피워 어머니를 가슴 아프게 했지만 내게는 좋은 아빠였어. 언젠가 크리스마스에 선물을 사러 명동에 갔는데 말이야…."

숙자가 가지런한 이를 보이는 한편 눈을 감았다 떴다. 주희는 그것이 꼭 자신의 얘기처럼 느꼈다. 둘은 여러 면에서 닮아 있었다. 어린 시절 둘은 부유한 집에서 자랐고, 모성애가 많은 6월생 남자를 만났다.

"그래. 뉴욕제과점이라는 게 있었어. 서울 명동에. 한번은 아버지 손을 잡고 갔는데 가게 앞에 엄청나게 큰 산타가 있지 않겠어. …그때는 어린 게 뭘 알아. 그걸 사달라고 졸랐지 뭐야. 그런데 웃기는 것은 아버지가 그걸 팔라고 주인한테 간 거야."

숙자는 큰소리로 웃었다. (끝)

장례식에의 초대

장례식에의 초대

와이퍼는 이미 교체할 시기를 넘겼다. 날렵하고 부지런한 몸놀림에도 깨끗하게 닦아내지 못했다. 불빛에 드러나는 유리창에 죽죽 선을 긋거나 빗방울을 남겨 놓았다.

"이미 관을 짜 놓고 못 박을 준비만 하고 있어."

이번 일과 무슨 상관이 있을까. 우울해진 동호는 최계장의 뒷모습을 보았다. 일생의 반 가까이를 경찰관으로 살아서였을까. 일찍 머리가 세어 반백이었다.

차에 오를 때 동정적인 시선을 보냈던 운전자는 한 때 동호와 같은 파출소에 근무한 적이 있었다. 기능직 여자로 인해 서먹해지지 않았다면 좋은 관계로 남을 뻔했다. 그러다가 동호가 결혼을 하고 운전자가 본서로 발령나면서 아무렇지도 않은 일이 되어버렸다.

운전자는 효문 로타리를 통과하는 대신 현대 자동차 안의 샛길을 택했다. 퇴근 시간에 비까지 겹쳐 막힐 게 뻔하다는 이유에서였다. 그런 뒤 둘은 몇 마디 더 주고받았다.

얼마 후 교통백차가 멎었다. 동호는 주위를 둘러보았다. 길 오른쪽은 공터였고 왼쪽은 이 미터가 넘은 담 너머로 검은 바로크식 건물이 있었다.

"저기 앞에 세워!"

차에서 내린 최 계장은 박쥐우산을 펼쳤다. 동호는 그 안으로 뛰어 들어갔다. 몇 발자국 가더니 돌아서서 최 계장은 운전자에게 손짓을 했다. 차가 연기를 뿜으며 빗속으로 사라져 버렸다.

다시 집으로 돌아갈 수 있을까. 기다리고 있을 아내의 모습이 동호에게 떠올랐다. 결혼한 지 일 년도 채 되지 않았다.

최계장은 거대한 철문을 따라가다가 작은 쪽문 옆에 붙은 버튼을 찾아냈다. 얼마 후 쪽문이 열리고 막 비행기에서 내려 시차에 허덕이는 듯한 표정의 제복 남자가 얼굴을 내밀었다.

"감사담당관으로부터 호출을 받고 오는 길입니다.

"잠시만 기다리십시오."

수위는 쪽문을 열고 안으로 갔다가, 다시 나와 문을 열어 주었다.

문을 통과하자, 안개에 잠긴 뜰이 모습을 드러냈다. 그 뒤에는 밖에서 본 거대한 건물이 검은 모습으로 웅크리고 있었다. 동호는 소똥구리가 은하수를 보듯 최 계장 옆에 바짝 붙어 따르고 있었다. 말도 없이 걷는 최 계장의 얼굴도 경직되어 있기는 마찬가지였다. 잔디 사이로 놓인 보도블록을 밟을 때 최 계장이 입을 열었다.

"과거 공안분실로 쓰던 곳이야."

"예."

굳이 대답할 필요를 느끼지 않았지만 동호는 작게 말했다. 다리는 후

들거리고 몸은 밤나무에서 막 바닥에 떨어진 송충이처럼 등을 구부린 채 떨고 있었다. 노란 양은 주전자에 담긴 벌건 고춧가루물, 칠성판에 사지를 묶인 자신의 모습이 떠올랐다. 그것도 발가벗긴 채로. 사표를 내고 이곳에 들어가지 않아도 된다면 얼마나 좋을까. 그렇다면 그게 나을 거야.

길을 안내해 주는 것은 안채에 매달린 작은 전등이었다. 그 길을 따라가노라니 양 옆에 오랜 수령의 향나무들이, 가난 때문에 머리를 깎고 수건을 뒤집어 쓴 어머니처럼 둥글게 손질된 머리를 쳐들고 있었다. 아내에게 알릴 시간도 없었는데 어머니가 이 일을 알고 있을 리 만무했다. 그간 고부간의 갈등 때문에 소원해졌지만 이 일을 알게 된다면 어머니도 슬퍼할 게 틀림없었다.

건물 1층으로 들어간 최 계장은 곧장 2층으로 올라갔다.

"감사 담당관 어디 있어요?"

동호는 중앙의 홀에 서 있다가 백일몽을 꾸었다. 그는 연못에 빠져 허우적거리고 있었다. 주위에는 친구들이 있었지만 누구도 그를 위해 손을 내밀거나 헤엄쳐 다가오지 않았다. 그 때 그와 사이가 좋지 않았던 아이가 막대를 들고 다가오더니 그에게 휘두르기 시작했다. 공포에 질린 그는 반대쪽으로 달아났지만 아이는 금방 그를 따라왔다. 그가 고함을 지르려는 찰나 백일몽에서 깨어났다. 비겁하고 나약한 자의 울부짖음이라니. 그는 자신이 가여우면서도 이 자리에 서 있음을 저주했다. 이런 모습은 그가 한 번도 상상해 본 적이 없는 모습이었다. 그는 눈을 감았다가 떴다.

다시 최 계장이 1층으로 내려왔을 때 사복차림의 남자가 다가왔다.

"최계장님, 어쩐 일이십니까?"

"정순경을 찾는다고 해서."

최 계장과 남자가 아는 사이라고 생각하자, 동호는 한 시름 놓았다 싶었다. 최 계장은 아는 사람도 많아. 내게는 얼마나 다행스런 일인가.

"무슨 일인가?"

"계장님도 눈치채셨겠지만 주과장 때문이지요."

동호는 속으로 안도의 한숨을 쉬었다. 나 때문에 불려온 게 아니었어. 다른 사람의 불행은 우리를 기쁘게 한다. 안도하게 한다. 내가 저렇게 되지 않는 것을 얼마나 다행인가. 민원실에서 적재허가를 내주며 받은 돈 때문에 얼마나 불안했던가. 동호는 어쩌면 오늘 밤 집으로 돌아갈 수 있을 것이라고 생각했다.

동호는 앉을 곳이 있나 둘러보았다. 군데군데 서 있는 사람이 있었지만 앉아 있는 사람은 없었다. 소파나 긴 나무의자가 있다면 좋을 텐데.

"정 순경 이런 말을 하면 안 되지만 말이야. 정 순경 그런 식으로 말하면 너만 다쳐. 있는 그대로 말해."

잠시 남자가 사라진 틈에 최 계장이 귓속말로 말했다. 동호는 고개를 끄덕였다. 동호는 2달 전 내게 무슨 일이 일어났던 것일까 생각해 보려고 했다. 그는 숫자나 대화는 기억하는 편이 아니었다. 그에게 남는 과거는 주로 사진을 찍듯이 영상으로 남았다. 옷차림, 표정, 웃음이나 걸음걸이로 남았다. 그 때 나는 어디에 서 있었나. 민원실에 서 있었나. 주과장의 얼굴이 떠오르고 민원실에 들어서던 모습을 상기하려고 했다. 어렴풋이 떠오르는 듯하더니 금세 사라져버렸다. 몇 개의 감정이 남아있는 것 같기는 했다. 과장이 직접 민원실에 면허증을 가지고 왔을 때의 황송

한 감정. 과장이 다그치던 때의 분하고 억울한 감정, 동료들이 과장을 욕할 때 느꼈던 해소감 등이 있었다.

"정 순경! 안으로 들어가게."

상황을 살피기 위해 갔던 남자가 둘을 안내했다. 사복 남자의 말에 잠시 긴장이 풀렸던 동호는 침을 삼켰다. 그 앞에 기다리고 있던 낯선 공간 때문이었다. 알 수 없는 공포감이 다가왔다.

"최 계장님은 밖에 계십시오."

덜컥 두려움을 느낀 동호는 그의 손을 붙잡고 싶었지만 하는 수 없었다. 그래, 이제 나 혼자로군. 무섭지? 세상에 태어나서 많은 사람들과 관계를 맺지만 그 때뿐이지. 무서워도 죽을 때는 혼자 가야지. 태어날 때 혼자 왔던 것처럼. 그는 어디선가 읽었던 구절을 생각해 냈다. 어느 날 갑자기 그의 가슴에 들어와 오랫동안 자리를 차지하고 있었던 말들이었다.

사방은 온통 하얀 벽이었고 천장에는 감시카메라가 달려 있었다. 어디서 이와 비슷한 것을 본 적이 있었을 거야. 어디서 보았을까. 커다란 책상 양쪽으로 두 사람이 서로를 주시하며 앉아 있었다. 어느 쪽일까. 내가 앉아야 할 자리는. 손을 내민다면 어느 쪽일까. 영상이 하나 슥 지나갔다. 아이의 생일 케이크를 들고 막 대문을 들어서는 순간 가족과 단절된 남자였다. 그는 가족들의 얼굴도 보지 못한 채 수사관에게 체포되어 브라운관에서 사라졌다. 또 하나 얼음낚시를 하며 접선을 기다리던 남자였다. 그 남자도 역시 그 순간 이후 사라졌다. 아니 동호의 기억 속에 감옥에 있는 사람으로 남았다.

그들도 분명 이런 곳으로 끌려왔을 거야. 온갖 고문을 당했겠지. 지금 그들은 어떻게 됐을까. 장기수로 남았거나 전향을 했을 거야. 아니면 늙어 죽거나 아직은 살아있겠지. 그런데 전향을 한 사람은 왜 그랬을까. 참기 어려운 고문 때문이었을까. 아닐 거야. 친구나 가족과 고립되었기 때문에 생긴 고독을 견디기 힘들었을 거야.

흐릿하게 보이는 사물과 사람의 윤곽이 더욱 흐려졌다. 그 때 누군가 그를 불렀다.

"정순경!"

중앙의 거대한 책상이 다시 윤곽을 드러냈다. 정 순경이라고 불리워진 나는 어디에서 왔던가. 왜 지금 이곳에 있을까. 눈앞에 두 남자가 있었다. 한 사람은 사복이었고 또 한 사람은 검은 정복차림이었다.

"됐어요. 그만 가 봐요."

이 말에 동호는 깜짝 놀랐다. 자신이 돌아가도 좋다는 것처럼 들렸다. 그 때 정복 차림의 남자가 일어섰다. 동호는 내심 실망했다.

"이제 정순경 차례군."

지겨운 표정을 지으며 사복 남자가 동호를 올려보았다. 자신의 의도는 이런 게 아니며 나도 손이 따뜻한 인간이며 화목한 가정이 있는 남자라는 듯한 표정이었다. 동호는 자신을 위해 비워진 자리에 앉았다. 하긴 너나 나나 경찰이지. 민중으로 인해 존재하지만 그 지팡이를 힘없는 자들을 위해 휘두르지. 동호는 허리를 곧게 펴고 자리에 앉았다. 이 남자가 원하는 것은 무엇일까. 사건의 실체에 대해 알고 싶을까, 아니면 자신이 듣고 싶은 것만 들으려는 것일까.

"나 이거 정말 답답해서 미치겠군. 그냥 사실대로만 말을 하란 말이야. 뭔가 숨기려고 하니까 자꾸 말이 막히는 거지."

기억이 잘 나지 않는다고 말했지만 상대는 믿어주지 않았다.

"내게는 아주 사소한 일이었어요. 매일 반복되는 일들의 하나였구요. 상대가 과장이라고 해도 마찬가지입니다. 기억에 별로 남아 있는 게 없어요."

"지금 정순경, 소설 써? 이러면 이렇다. 저러면 저렇다 확실하게 말을 해야지. 과장이 정지를 먹이라고 했어, 안 했어? 다시 처음부터 시작하자구."

동호는 사복 남자가 소리를 지르는 바람에 겁을 먹었다. 나는 네 놈이 소리 지를 정도로 나쁜 짓은 한 적이 없어. 돈 몇 푼 받아먹은 것 밖에 없어. 다른 사람들이 그런 것처럼 말이야. …과장이 내게 그런 말을 했던가. 그런 말을 했다면 당연히 과장에게 불리할 거야. 그리고 안 했는데 내가 정지를 먹였다면 정지일을 고지하지 않은 것이 된다. 과장이 했나, 한 것 같지는 않았다. 그럼 뭐라고 했던가. 잘 생각해 보자.

"처음에 과장님이 직접 서류를 가지고 오셨습니다."

의식의 밑바닥으로 동호는 들어가서 허우적거렸다. 두 달 전 일이 가물가물했다.

왜 기억에서 사라진 것일까. 나는 이것을 한쪽으로 밀어놓고 싶거나 생각하고 싶지 않아서 꾹꾹 눌러둔 거야. 큰 돌로 말이지. 주과장의 모습이 떠올랐다. 그는 경찰대를 나온 엘리트였고 동기들 중 선두에 서 있었다. 그는 경찰개혁에도 관심이 많았다. 검찰로부터 수사권을 찾아오는 일도 그의 관심사였고 경찰 내부의 권위적인 구조에 대해서도 개혁을 요구하고 있었다. 그럼에도 그는 사람들의 호응을 끌어내지 못하고 있었다.

지나치게 폐쇄적인 구조 탓도 있었지만 지나치게 다혈질이었다.

주과장의 벌겋게 달아오른 얼굴이 떠올랐다. 주과장은 동호가 가져간 서류를 쳐다보더니 이내 얼굴을 향해 던져 버렸다. 그는 따뜻한 면도 있었지만 일에 관해서는 그냥 넘어가는 법이 없었다.

"지금껏 결재를 안 온 이유를 대란 말이요."

"죄송합니다."

동호는 고개를 숙인 채 이 말을 연발했다. 본서에 들어온 지 얼마 안 돼서 이런 결재절차에 익숙하지 않았습니다, 결재권자가 바뀐 것을 모르고 있었습니다, 라고 최 계장이 동호를 거들었지만 말을 해 보았지만 들은 체도 하지 않았다.

"일이 좀 벅찹니다. 혼자서는요."

다시 최계장이 나섰다. 동호도 그를 위해 몇 번이나 청탁받은 것을 처리해 주었다. 적재허가를 내러 온 최 계장의 후배와 함께 식사도 몇 차례 같이 했다.

"아니, 그 정도 일도 안 하고 월급 타 먹으려고 해! 젊은 사람이 발에 고무 냄새가 나도록 뛰어야지."

"경무과장님께 말씀드려 보면 안 되겠습니까?"

머리가 허연 최계장은 한참이나 나이어린 주과장을 상대로 비위를 살살 맞추고 있었다. 동호가 봐도 그는 이 방면에 타고난 기질이 있었고 조직의 생리를 잘 알았다. 본서의 요직을 거치고 있는 것만 보아도 그랬다. 주과장은 절대 이 영감쟁이를 이기지 못할 거야. 동호는 존경의 눈으로 그의 작고 귀여운 입술과 허연 머리를 보았다.

"그건 안 됩니다. 조금 전에 대판 싸우고 오는 길입니다. 어떻게 된 영감쟁이들이 국민을 위해 봉사한다는 생각이 없어요. 그저 지 밥 그릇, 지 식구밖에 몰라요. 이런 세상은 확 뜯어고쳐야 하는데."

얼마 동안 더 주 과장의 말이 이어졌다. 그의 말에 어떤 모순이 있다고는 느껴지지 않았다. 그는 아직 젊고 능력이 있었지만 많은 사람들이 구축해 놓은 조직의 불합리한 구멍들을 인정할 수 없을 따름이었다.

"자, 정순경은 나가 봐라. 결재 안 된 서류는 나중에 다시 결재 받고."

최 계장이 동호에게 눈짓을 했지만 금세 주과장의 호통이 떨어졌다.

"나가기만 하면 끝나는 줄 아나? 뭔가 대책을 세워야지."

주과장은 동호에게 오전 10시, 오후 2시, 오후 5시. 이렇게 세 차례의 결재 시간을 정해주었다. 이렇게 정해준다고 해도 뭐가 달라질까, 동호는 생각했다. 최 계장도 결재를 받으러 갈 때마다 자리에 없었다. 계장 결재도 없이 과장 결재를 받으라는 말인가. 하긴 최계장이 알아서 조치하겠지. 경찰 공무원 월급이 적은 게 다 이유가 있어. 자기가 알아서 챙겨 가라는 거겠지. 안 그래. 최계장이 자리에 없는 것을 확인할 때마다 동호는 이런 생각이 들었다.

"다시 말하지만 이런 일이 또 생기면 당신 옷 벗길 거야. 알겠어?"

옷을 벗긴다는 말에 동호는 놀랐지만 무의식적으로 대답했다.

"예, 알겠습니다."

군대 시절부터 입에 붙은 버릇이었다. 상급자에게는 깎듯하게, 수긍이 가든 안 가든. 이렇게 대답하는 것이 예절이었다. 그런데 다시 동호가 나가려고 하자, 주과장이 다시 외쳤다.

"잘 하라구. 당신 옷 벗길 거야!"

똑같은 말을 연거푸 듣자 울컥해진 동호는 주과장에게 사표라도 던지

고 싶었지만 꾹 참고,

"예, 알겠습니다."라고 대답했다. 그리고 돌아서면서 빌어먹을, 이라고 속으로 중얼거렸다.

"그래 가지고. 이 사람이 무슨 말이든 빨리빨리 하란 말이야."

사복 남자는 제법 요령이 있었다. 동호에게 한 치의 여유도 주지 않고 몰아세움으로서 생각할 시간을 아예 주지 않고 있었다.

"에, 그래가지고 사진 한 장, 적성검사 신청서를 받았습니다."

동호는 말이 끊어지지 않도록 조심했다.

"받았다. 이 말이지? 관할구역이 아닌데?"

남자의 말이 끝나기 무섭게 문이 열렸다. 동호가 중앙홀에서 본 남자였다.

"다 돼가나? 문 경위?"

이 호칭은 그 남자에게 합당한 명칭이라고 동호는 생각했다. 이제 이 남자는 다른 사람과 구별되는 호칭을 갖게 되었어. 다시 그 문경위가 이런 짓은 못해먹겠다는 표정을 지었다.

"아, 이 사람이 사람을 잡네 잡아. 말을 이랬다저랬다 하는데 죽을 지경이야."

자식아, 내가 너보다 더 죽을 지경이야. 말하고 싶었지만 동호는 입 밖으로 낼 수 없었다. 남자가 흘깃 동호를 보더니 문을 닫았다. 그간 동호가 적재허가와 관련되어 접대를 받은 것이나 몇 십 만원씩 받아서 민원실 직원들에게 회식도 시켜주고 집에 통닭을 사간 것은 사실이었다. 그 일이 들통난다면 이 사건에 얹어서 중징계를 받을 수도 있었다. 하긴 그 사건이 일어난다면 여러 명이 다칠 터였다. 최계장은 물론이고 보안 과장도 그렇고, 여러 과장들 이름을 들먹이며 찾아온 작자들에게도 동호는 허가를 내주었다. 물론 이 사건과는 별개였다.

"받아서 어떻게 했나?"

"그것을 받아서 면허증 뒤에 적성검사 신청 중이라는 도장을 찍었습니다. 그런데 과장님이 돌아가시고 난 뒤 확인해 보니 적성검사 유효기간이 지나 있었습니다."

"그래서?"

당신이 내게 이 사건에 대해 물을 권리가 있을까? 당신인들 깨끗하게 살았을까? 죄 없는 사람만 내게 돌을 던지라. 동호는 문경위의 얼굴을 슬쩍 보고는 시선을 돌렸다. 그러다가 다시 돌아왔을 때 문경위의 핏발 선 눈을 보았다. 이 일 때문에 그는 밤을 새웠을 것이다. 그러데 말이야. 제발 마지못해 이런 일을 하고 있다는 표정은 짓지 말라구. 일제 때 고위관직을 지내고도 죽지 못해 민족 앞에 반역을 했다는 거나 뭐가 달라. 그리고 그 때 그랬으면 참회를 해야지, 독재자들 앞에 머리를 조아리고 찬양을 하는 똑같은 짓을 되풀이 하냐고. 동호는 눈을 감았다가 떴다.

"그 날 오후엔가 아마 전화를 하셨습니다. 과장님이."

"아마가 무슨 아마! 정확히 몇 시야? 자네가 그러고도 경찰관이야?"

경찰관이라는 말에 동호도 할 말이 없었다. 파출소에서 피의자신문조서를 작성하며 피의자에게 머저리, 등신이라는 말을 수도 없이 해댔다.

"아마…." 동호의 입이 채 다물어지기도 전에 경위의 얼굴이 험악해졌다.

"아, 오후 2시에서 3시 사입니다."

이건 현실이 아니야. 환상이든가 꿈이거나, 브라운관 속이거나. 아니 나는 이 역을 하기 위해 오래 전에 시나리오를 보았고 협상을 끝낸 거야.

"그게… 적성검사 기간이 지나서 스티커 2만원짜리 통고처분을 받아야 하고… 정지가 10일 있다고 말씀드렸습니다."

동호는 숨이 멎는 것을 느꼈다. 힘들게 침을 삼키고 나자 증상이 완화되었지만 목울대가 움직이는 것에 거부감이 느껴졌다. 아, 이렇게 진술을 하면 안 되는데, 주과장의 얼굴이 왔다가 사라졌다. 확실하지도 않는데 나는 지금 나를 위해 진술을 하는 거야. 갑자기 수치스러워져서 견디기 힘들어졌다.

"그랬더니, 정지를 안 먹게 해 달라고 그래?"

경위의 말투가 빨라졌다.

"아닙니다. 직접 그런 말씀을 하신 적은 없고…."

최계장의 모습이 떠올랐다. 네가 이렇게 말하면 너만 다치는 거야. 어차피 갈 사람은 가야 하는 거야.

"그럼 뭐라고 했어?"

"응, 그러니까."

"알아서 기었다는 거야, 뭐야?"

동호의 얼굴이 붉어졌다. 알아서 긴다는 말이 이렇게 모욕적으로 들리리라고 생각해 본 적이 없었다. 나는 이제 동물이 된 거야. 동물이라고.

"거 정지가 들어간다고 하니까."

"이 사람이 또 시작이구만. 없는 말을 지어내려고 하니까 그러는 거라고. 난 아무래도 자네가 거짓말을 하는 것 같아."

어쩌면 그럴 지도 모른다고 동호는 생각했다. 기억 속에 남아 있는 것들을 다 믿을 수는 없었다. 사람의 기억이란 말이죠. 제 편할 대로 기억한답니다. 그러니 어쩌겠습니까.

"그래, 들어가야 한다고 했더니, 다른 말은 없었고?"

"예, 다른 말은 없었습니다."

"아, 그렇군요."

비꼬는 것인지 아닌지 문경위의 말투가 너그러워졌다. 와이셔츠 윗주머니에서 오마샤리프를 꺼내 물었다. 회색 연기가 동호를 향해 날아왔다.

"이거 정말 같은 경찰관끼리 할 짓이 아니군."

오마샤리프의 순하면서도 매서운 연기가 다시 동호의 코앞으로 돌진해 왔다.

"그러니까 직접적으로 정지가 안 들어가게 해달란 적은 없지만 은연중에 그런 압력은 느꼈다, 이 말이지?"

"예, 그렇습니다."

"좋아, 내일 저녁에 대질 심문을 하도록 하지."

드르륵 호차 소리와 함께 미닫이문이 열렸다.

다음 날 점심시간이었다.

의경이 다가오자 동호는 타이프 치던 것을 멈추었다. 고개를 우로 흔들어 누군가 기다린다고 신호를 보냈다. 점심시간은 좀 남았는데, 누구지? 멀리 최계장은 코에 돋보기를 걸치고 무엇인가 열심히 들여다보고 있었고, 통고처분 담당자는 자리에 없었다.

문을 열고 의경의 뒤를 따르자, 본관과 교통계 가건물 사이 공터에 주과장이 있었다. 직위해제되어 집에 있는 줄 알았는데. 내키지 않았지만 동호는 어기적어기적 걷고 있었다.

"정순경 우리 점심이나 같이 먹지?"

주과장의 어깨는 축 쳐져 있었다. 낯빛은 어둡고 눈동자는 벌겋게 충혈되어 있었다. 주과장과 거리가 점점 가까워졌다. 경찰서 정문을 나와 붉은 벽돌담을 끼고 오른쪽으로 돌았다. 대서소 열린 문 사이로 두 사람의 모습이 흘낏 보였다. 남자는 코에 돋보기를 걸치고 책상에 앉아 있었고, 하얀 치마를 입은 여자는 탁자에 앉아 신문을 뒤적이고 있었다. 계단에는 아침이면 밖으로 나와 하루종일 햇볕을 쬐다가 저녁이면 사무실로 들어가는 앙증맞은 화분들이 일광욕을 즐기고 있었다. 이번에도 동호는 키 작은 장미 화분에 눈을 주었다. 왕성한 생활력을 지닌 장미가 과연 작은 화분에서 견뎌낼 수 있을까 싶어서였다. 그 때마다 이 생각 뒤에 그것을 가꾸는 여자의 하얀 손과 붉은 입술이 떠올랐다. 그녀는 결혼할 남자를 교통사고로 잃은 후 오랫동안 혼자 살아왔다. 그러다가 경찰서장을 궁지에 몰아넣었던 전직 형사와 가벼운 사랑에 빠졌다. 아니 누구에게든 의지하고 싶다고 염원할 때 그 남자가 그녀를 낚아챘다. 이후 그녀는 전직 형사가 운영하는 대서소 사무원으로 일하기 시작했다. 낮에는 남자의 일을 거들고 히히덕거리다가 밤에는 특별한 일이 없는 한 곱게 남자를 집으로 돌려보냈다. 남자가 어떤 구실을 만들어 찾아오지 않는 한 그래야 하는 것이 원칙이었다.

주과장은 사계절 식당 안으로 들어갔다. 자리에 앉자마자 주과장은 동호를 보며 해물탕과 소주를 시켰다.

"내가 요즘에 술을 안 마시면 견디기 힘들어서 말이요."

“예, 그러시군요.”

이후 두 사람 사이에 말이 없었다. 동호는 그에게 어떤 태도를 취해야 할지 알 수 없었다. 예전처럼 그는 직속상관이 아니었고, 그로 인해 어젯밤에는 곤욕을 치렀다. 식사가 오고 끝날 무렵에 주과장이 말문을 열었다.

“내 입으로 도와달라는 말은 못하겠구만.”

“이거 때문에 만나자고 하셨습니까?”

“오늘 저녁 심문 전에 한 번 만나야 할 거 같아서 말이네. 자네 일은 그렇게 걱정 안 해도 될 거야. 무어라고 진술해도 큰 징계를 받지는 않을 거야.”

“살아날 수는 있습니까?”

“정확히 예측할 수는 없지만 면허정지 중인 상태에서 운전을 했다는 것이 지금 문제가 되고 있어. 음주나 상대 운전자와 시비한 일은 어떻게든 합의를 보면 될 거야.…나는 적들이 너무 많아. 이 사람들은 이번 기회에 날 매장시키고 싶어하고.”

“예, 그렇군요.”

이미 알고 있던 내용이라 전혀 새롭지 않았다.

“나이 서른 여덟에 사회 나가봐야 뭘 하겠나? 벌어 놓은 돈이 있어 사업을 할 거야, 아니면 직위해제 된 경찰관이 공기업에 들어갈 거야. 이럴 때 도와줄 사람이 있으면 좋겠지만 경찰대 선배도 없고 별나게 굴어 그럴 사람도 없고.”

동호는 그에게 동정을 느꼈지만 달래고 싶은 마음은 없었다. 일부 직원들은 젊은 사람이 아깝다, 라고 말하고 있었지만 대부분의 직원들은 이번 일을 통쾌하게 받아들이고 있었다. 이참에 주과장이 사라지기를 원하고 있었다.

주과장의 눈빛은 애절해보였지만 동호는 그가 바라는 시선을 보내지 않았다. 주과장의 혼잣말이 이어졌다.

"사실 술 한잔 먹고 사고냈다고 이렇게 될 줄 누가 알았겠나?"

얼마 후 주과장은 자리에서 일어나 계산대를 향해 걸어갔다.

"그럼 나중에 공안분실에서 보세."

그 날 오후 6시가 되자 동호는 감사담당관실에 출석하기 위해 자리에서 일어났다. 그는 오후 내내 비어 있었던 최계장 자리를 보았다. 이번에는 혼자 가야 했다.

경찰서 앞마당을 걸어가는 동안 동호는 우울해졌다. 어쩌다 일이 잘못되어 다시 출근할 수 없을 것 같았다. 그 때 누군가 본관 열린 창을 통해 손을 흔드는 것이 보였지만 그는 외면했다.

막 경찰서 정문을 통과했을 때였다. 누군가 뒤에서 부르는 소리가 들렸다. 현관에서 통통한 남자가 구르듯 달려오고 있었다.

"자네말이야. 우리 과장님이 부탁을 하시던데 절대 주과장에게 겁먹지 말고 소신대로 하라고 부탁을 하더라고."

남자는 동호도 안면이 있는 정보과 형사였다.

"괜히 상관이라고 시키는 대로 하다가는 자네만 다치게 된단 말이야."

남자는 숨을 헐떡이면서도 할 말을 다 해냈다.

"예, 고맙습니다."

"자네한테만 하는 말이지만 이번 감찰들은 불도저 같은 청장 지시를 받고 내려온 거야. 무슨 말인지 알겠지?"

"예, 잘 알겠습니다."

그는 동호에게 기대하던 답을 듣자, 누가 볼세라 세차게 본관을 향해 내달았다. 그러다가 갑자기 뒤돌아서더니 손을 힘차게 내밀었다.

깡마르고 성질 급한 문경위가 문 앞에서 서성거리고 있었다.

"어서 와! 좀 늦었구만."

"예, 차가 막혀서."

동호는 문경위의 손짓에 따라 심문실 안으로 들어갔다. 어제 앉았던 자리에 다시 앉았다. 천장에 매달린 감시 카메라가 눈에 들어왔다. 어제 보았던 영상들이 다시 스쳐지나갔다. 아이의 생일케이크를 들고 대문을 들어선 순간 가족과 단절된 남자, 접선을 기다리며 얼음낚시를 하다가 체포된 남자였다. 그러면 다음에 올 사람에게 지금까지의 사람에 보태어 동호의 모습을 보여줄 것이다. 그렇게 생각하니 냉기가 느껴지고 두려움에 다리가 떨렸다. 눈앞이 흐려지다가 맑아지는 듯하더니 이번에는 귀가 우는 소리와 함께 가까이서 두런거리는 소리가 들렸다. 지금까지 이곳을 다녀간 자의 신음이나 비탄소리일 터였다. 나는 여기에 와서 어떤 말들을 흘려 놓았을까. 비탄함이 버무려진 슬픔일까, 아연함일까. 아무려면 어때. 나는 내일을 모르고 그래서 기댈 필요가 없는 걸. 지금 나는 내 삶을 사는 거니까.

잠시 후 열차바퀴 소리를 내며 호차가 굴러갔다. 문이 열리며 문경위와 주과장이 들어왔다. 동호는 주과장의 얼굴을 보고 앉았다.

"대질심문을 합시다. 정순경, 주과장으로부터 면허정지를 안 먹도록 해 달라는 말을 들은 적이 있나?"

문경위가 동호에게 물음을 던진 후 주과장의 표정을 살폈다. 동호는 기억을 더듬는 척 얼굴을 찌푸렸다.

"없습니다. 그런 암시를 받았을 따름입니다."

이미 똑같은 말을 수십 번이나 되풀이했기 때문에 동호는 테이프가 늘어진 자동인형처럼 말하고 있었다. 그래서 긴장한 주과장의 얼굴도 보지 못했다.

"어떻게 받았나?"

역시 문경위는 언어로서 모든 것을 표현할 수 있다고 믿는가 보다, 동호는 생각했다. 그렇다면 이 안에 떠도는 언어의 정령들은 어쩐 일일까. 상대에게 전달되지 못할 운명에 처했기 때문에 발화의 주인공으로부터 떨어져 나와 영영 의미를 만들어내지 못하고 떠도는 정령들.

"처음에는 검사기간이 경과된 것을 알지 못하고 면허증을 받아 적성검사 신청 중이라는 도장을 찍어서 내주었습니다."

"주과장님, 맞습니까? 정순경 진술 중에 맞지 않는 부분이 있으면 말씀하십시오."

문경위가 주과장을 향해 말했다.

"예. 그렇게 하겠습니다."

주과장의 태도는 동호가 지금까지 본 적이 없는 공손한 태도였다.

"그랬더니? 뭐라고 그래? 정순경!"

"그랬더니…."

"뜸들이지 말고 사실대로 말해!"

그 때 주과장이 나섰다.

"그건 제가 말씀드리죠. 제게 경비전화가 왔길래 무슨 일이냐고 물었더니, 유효기간이 지나서 통고처분을 받아야 한다고 하길래 얼마냐고 물었지요. 2만원이라고 해서 나중에 결재 오면 주마, 그랬지요."

"정지에 대해 물어보신 적은 없습니까? 정순경한테."

"아니오. 안, 내가 물론 주무과장이기는 하지만 다른 사람들 일만 다루다 보니 내가 정지를 받아야 한다는 생각은 못했어요."

"아니 그 말이 아니고 정순경이 정지처분이 있다, 있으면 언제부터 언제까지다 라고 말을 안 해주었다 이 말이죠?"

"알고 있다고 생각해서 그랬는지, 아니면 말하기 힘들어 그랬는지 모르지만 제게 그런 말을 한 적은 없습니다."

"맞나, 정순경?"

"예, 맞습니다. 제 손으로 스티커를 끊고 스티커 뒷면에 정지처분 날짜를 받았습니다. 그런 뒤 과장님이 돈을 주시기 전에 대답을 하고, 영수증을 제 책상 서랍에 넣어두었습니다."

"그러면 주과장은 정지 날짜를 모르고 계셨다는 거네요."

"제가 당연히 알아야 하지만 앞에서 말한 것처럼 제가 대상이 되리라 생각해 본 적이 없어서 미처 생각지 못했습니다."

"그럼 정순경. 그 뒤에 새 면허증이 나왔을 때 본인에게 직접 주었나?"

"의경을 시켜서 보냈습니다."

"그럼, 과장이 무어라고 한 말은 전해 듣지 못했나?"

"그런 것 같습니다."

"같습니다가 뭐야, 또!"

문경위가 주과장을 보며 말했다.

"그럼 주과장님이 말해보시오."

"아침에 의경이 면허증을 가지고 왔더라구요. 그래서 이거 사용하면 되느냐 했더니, 사용하면 된다고 하더라구요."

동호는 더 이상 할 말이 없었다. 문득 대서소 앞에 놓여 있던 키 작은 장미 화분과 그것을 가꾸는 여사무원의 하얀 손과 붉은 입술이 떠올랐다. (끝)

짧은 만남

짧은 만남

누나가 집을 나설 때의 표정은 원하던 바를 목전에 둔 자의 것이 아니었다. 귀신에 홀린 듯 늪지를 걸어 들어갈 때의 모습이라면 모를까. 만약에 그때 내가 그 표정을 제대로 읽기만 했더라도 네 사람의 죽음을 막을 수 있었을 것을. 그렇지만 인간에게는 불가항력일 때가 있다.

더구나 그날은 비까지 내리퍼붓고 있었다. 전날 밤부터 내린 비가 잠시도 그치지 않고 쏟아졌었다. 나는 비를 핑계 대어 누나가 길을 나서는 것을 막았어야 했다. 그리고 누나가 나서려고 할 때, 신과 소통을 해본 적이 없는 나는 이렇게 기도했어야 했다.

'과거 우리 삼 남매가 33년 동안 헤어져 살아야 하는 것이 당신, 운명의 뜻이었다면 누나가 경희와 하룻밤을 자고자 하는 것을 보살펴 주소서.'

그러나 나는 그런 기도를 할 여유가 없었다. 내가 우울한 눈빛으로 하늘을 보며, 누나에게 한 말을 지금도 기억할 수 있다.

"웬 비가 이렇게 오지?"

"우리 삼 남매가 만나니까 하늘도 기쁜가 보지."

"그런가."

"넌 왜 이렇게 누나 마음을 몰라. 나 신림동에 안 데려다 줄 거야."

들뜬 누나의 표정이 떠오른다. 몇 시간 후면 토사에 매몰될 그녀의 황홀한 표정. 그러나 그때까지도 기회는 남아 있었다. 누나는 한 달 동안 머물던 내 집 문지방을 넘다 코가 깨지거나, 담벼락 옆에 세워 두었던 차의 배터리가 방전될 수도 있었다. 그랬더라면 그런 일은 일어나지 않았을 것이다. 그렇지만 운명은 그때까지 수많은 불행과 아픔을 견디며 살아온 사람이라고 행운은 가져다주지 않았다. 단지 내가 누나를 옆자리에 태우고 달릴 때 윈도브러쉬를 뻑뻑하게 했을 뿐이다. 마치 바보 이반에 나오는 악마가 거기 달라붙어 있는 것처럼.

"종식이 네가 고생이다."

"고생은 무슨?"

그 순간 누나와 경희가 나눈 통화내용이 떠올랐다.

누나가 하룻밤만 같이 지내고 싶다고 하자, 경희는 한사코 거절하려 들었다. 언니와 함께 하룻밤을 지내고 싶지 않아서가 아니었다. 그런 일이라면 경희는 더 원했을 것이다. 가난 때문에 어린 시절에 헤어졌던 자매는 33년 만에 만났고, 어린 시절로 돌아가 한 이불 속에서 히히덕거리고 싶었을 것이다. 남매와 달리 자매는 그렇게 애정을 표현하는 법이니까. 경희가 망설인 이유는 가난 때문이었다. 경희는 누구에게도 도림시장 안에 있는, 딸 둘과 사는 단칸방을 보이고 싶지 않아 했다. 그러자 누나가 갑자기 고함을 질렀다.

"그게 무슨 상관이야. 우리는 친자매잖아."

경희도 막내다운 고집이 있어 지지 않았다. 내가 어지간하면 그러겠느냐고 맞받았을 것이다. 비도 오고 있다고 했을 것이다. 그러나 경희는 큰언니의 성화를 감당해내지 못했다. 제발, 나중에! 라고 누군가 말했더라면.

경희는 내 인생의 중반기, 마흔 줄에 들어서 찾은 손아래 동생이다. 어느 날 나는 '아침마당'이라는 텔레비전 프로그램을 보고 있었다. 자신의 고향, 나이, 이름, 부모님 성함, 나이가 쓰인 종이를 든 사람들이 차례로 지나갔다. 그것을 보는 동안 나는 그들이 어떻게 부모나 자식을 찾는지 자세히 보아두었다. 어떻게 감정을 발산하는지도. 나는 프로그램이 끝나기 전에 방송국에 전화를 걸었다. 경희를 찾을 수 있을까, 없을까 하는 생각은 해보지 않았다. 그전에야 누나처럼 다른 나라로 갔거나 자라는 동안 어찌 잘못해서 죽었기 때문에 연락하지 못할 것으로 생각했지만. 이후 경희의 사진을 찾고, 미국에 사는 누나에게 고향에 대해 더 물어야 할 것이 있었다.

카메라가 나를 비추는 동안 나는 잔뜩 긴장해서 앵커의 질문에 몇 번이나 더듬거렸다. 동생과 몇 살에 헤어졌느냐는 질문에 나는 멍한 표정을 짓다가 여자 앵커가 아주 어렸을 때요, 라고 도와주었다. 누나가 한국을 떠난 것은 어떤 이유이며, 언제 떠났느냐고 했을 때도 그랬다. 나는 아주 더듬더듬, 그때가 아마 14년 전일 거요, 라고 말해 놓고, 누나는 미군 남편과 결혼해서 지금은 아주 잘살고 있어요, 라고 해버렸다. 나중에 생각해도 몇 번이나 웃음이 나오는 말들이었다.

"어릴 때 부모님이 돌아가시고, 집이 가난해서 남의 집으로 갔던 여동생 이경희를 찾고 있습니다. 오빠 이름은 김종식, 큰누나 이름은 김성희,

여동생인 이경희가 먼저 남의 집으로 가고 오빠 김종식과 큰누나 김성희는 친척 집에 나뉘어 살면서 서로 의지하며 연락을 취하고 살았지만, 여동생과는 연락이 닿지 않았답니다. 지금 이 텔레비전을 보고 계시면, 이경희씨 연락을 주십시오."

앵커의 말이 끝나고 카메라가 다른 사람의 얼굴을 향해 날아갔다. 그리고 며칠 후 여동생의 얼굴을 담아냈다. 검게 그을린 얼굴에 화장을 해서 붉은 루주가 두드러져 보이는 겉늙어 보이는 여자. 신산스런 어머니를 닮은 미소. 낮은 코에 솟아오른 눈두덩이. 살얼음판 위를 걷을 때처럼 조심조심 여동생을 향해 갈 때의 두근거림을 지금도 생생하게 기억할 수 있다. 여동생과 나는 선뜻 손을 내밀지 못했다. 그녀는 어색하지만 금방이라도 울 것처럼 나를 보았고, 나는 소경처럼 허공을 휘저어 보다가 무엇엔가 부딪히는 느낌이 들자 깜짝 놀라 뒤로 물러났다.

"이경희씨, 오빠가 맞는 것 같습니까?"

이상하다. 왜 이 씨일까? 그녀가 어릴 적 남의 집에 입양되었다는 것을, 그 순간 잊고 있었다. 경희의 설명을 듣고서야 비로소 얼싸안았다.

누나는 차 안에서 내게 몇 마디의 말을 건넸다.

"우리 어렸을 때 생각나니? 모두 한방에서 자면서 늦게까지 이야기하다가 학교에 늦은 거 말이야."

"그런데 경희가 돌아왔을까?"

"오늘은 일찍 들어온다고 했어."

"여동생이라고 하나뿐인데, 어렵게 사는 걸 도와주지도 못하고 마음에 걸려."

"그거야 나도 안 그러겠니?"

도림 시장에 도착했을 때는 이미 날이 어두웠다. 위태로워 보이는 산 아래 경희의 집이 있었다. 자매는 두 손을 잡고 강강수월래를 할 때처럼 소리를 지르며 빙빙 돌았다. 비는 여전했지만 번개나 천둥은 없었다. 그들은 내가 돌아간 후 밤새 무슨 이야기를 나누었을까. 아마 새벽녘까지 이야기하다가 손을 꼭 잡은 채 잠이 들었으리라. 어린 시절로 돌아가 안마당에서 노는 꿈을 꾸었을지 모른다. (끝)

뇌화풍

뇌화풍

발걸음을 재촉하면서 사그라졌던 버스 안의 진동이 되살아났다. 내연기관이 슬슬 움직이며 크랭크축으로 동력을 보냈다. 이것은 수십 개의 상점을 지나고 계단을 오르면서 점점 증폭되었다. 휙휙 지나가는 사람들과 통로에 내놓은 간판들이 8분의 6박자 메트로놈처럼 좌우로 크게 흔들렸다.

"어서 와!"

앞서 바삐 걸어가던 그녀가 뒤를 돌아보며 내게 손짓했다. 언젠가 저 하얀 손을 본 적이 있었지. 뒤를 돌아보며 웃는 그녀의 모습도. 도대체 그것이 언제일까. 5년 전일까. 아니면 그보다 더 먼저일까. 하긴 아무래도 좋아. 지금이 중요하지. 그런데 여자가 나와 있을까. 이번에도 거짓말을 하고 어디론가 도망친 것은 아닐까. 나는 작년 가을 초인종을 누름으로써 우리 집에 불행을 들여온 키 작은 여자를 생각하고 있었다. 염색해서 쉽게 알아볼 수 없지만, 간혹 햇빛으로 인해 모발 끝 잿빛이 나이를 드러내는 여자는 그런대로 세련돼 보였다. 표준말은 아니었지만 말투에도 상스러움이 묻어나지 않았다. 여자는 그녀를 불러낸 후 아래층으로 내려갔다. 그런 지 얼마 후 그녀가 나를 아래층으로 불렀다. 무슨 일인데 그래? 내 말에 그녀는 수줍게 말했다. 커피 한 잔 마시자고. 여자의 집 거실에는 정말로 커피가 있었고, 멋을 부린 색색의 한과가 있었다. 여자는 막내딸이 직접 만든 과자라고 했다. 그런 후 집주인이 바빠 계약을 하러 오지 못한다고 했다. 그녀가 여자와 임대계약을 맺는 동안 나는 거실에 놓인 책꽂이를 보았다. 유치원 원장을 지냈다는 여자의 책은 많지 않았지만 제법 비싼 아동교재와 테이프들이 있었다.

"여기야!"

그녀의 손가락이 가리킨 곳을 보았다. 순간 진동이 멈췄다. 아릿한 느낌이 신경계에 남아 있었지만 영자로 쓴 '로망스'라는 간판은 뚜렷이 보였다. 내가 하면 로맨스고 남이 하면 불륜이라고. 누군가를 비아냥거리며 카페 안으로 들어갔다. 곳곳에 칸막이가 쳐진 홀이 엷은 조명 속에 있었다. 이런 것들이 아직 남아 있었던가. 스무 살 무렵에 몇 번 들락거렸는데 음침하고 가라앉은 분위기는 여전했다.

여자는 안쪽 창가에 앉아 있었다. 어두운 조명 아래 앉아 있는 작은 짐승, 여자는 우리를 보자 자리에서 일어났다.

"박 선생, 어서 오세요."

여자가 부자연스럽게 웃었다.

"먼저 오셨네요."

그녀도 감정을 드러내지 않는 중성의 목소리를 냈다. 나는 여자에게 고개를 숙여 아는 체를 했다. 인간으로서 예의는 여기까지야. 인간은 그다지 고귀하다고 할 수 없거든. 잠시 후부터는 가장 본능적이고 저열한 인간의 모습을 보게 될 거야. 여자는 답례를 하고 다시 소파 속으로 가라앉았다.

"단도직입적으로 말씀드리겠습니다. 언제까지 되겠습니까?"

그녀가 여자를 향해 고개를 기울여 좀 더 가까이 다가갔다. 그것을 보자, 나는 다리가 후들거렸다. 그래, 이런 숨 막히는 순간이 내 앞에 기다리고 있었던 거야. 그럼에도 너는 조금 전까지 그걸 모르고 있었어. 왜냐고, 지금 알고 있는 것을 그때도 알았더라면 넌 인간이라고 할 수 없으니까. 그때 물통과 컵을 든 카페 여주인이 나타났다.

"무얼 시키시겠습니까?"

"저는 커피 한 잔 먹었고…."

여자가 우리 쪽을 보자, 그녀가 무서우리만치 빠르게 말했다.

"여기 커피 두 잔 주세요."

여주인이 덜그럭거리며 물통과 컵을 놓는 동안 나는 여자의 눈을 바라보았다. 구치소에서 나온 지 겨우 한 달이 지난 여자의 갈색 눈은 그다지 생기가 없었고 얼굴 곳곳에 기미가 박혀 있었다. 암갈색 루주로 덮인 입술 주변에는 가녀린 그늘이 보였다. 우울하고 불안해 보이는 이 짐승의 태도는 지금 얼마나 본능적일까. 지극한 자기혐오도 있을까. 그녀의 말에 의하면 여자는 스물이 되기 전에 한 남자를 알게 되었다. 키 크고 멋진 날건달의 품에 있는 동안 여자는 다음 장에 펼쳐질 인생에 대해서는 관심이 없었을 것이다. 그놈의 어디가 대체 그리 좋아서, 라는 부모의 반대에도 여자는 자신의 육감을 믿고 자식 둘을 낳았을 것이다. 그러나 여자는 둘째를 낳은 직후 남자에게서 버림받았다.

"자, 이것을 보세요."

그녀는 시장에서 산 싸구려지만 그럴듯하게 보이는 작은 가방 안에서 사각으로 접은 종이를 꺼냈다. 초인종 소리와 함께 관리소장이 문에 붙여 둔 경고장이었다.

— ○월 ○일까지 밀린 월세금과 관리비를 납부하지 않을 시는 단수조치 하겠음. 관리소장 백

여자는 사각거리는 소리를 내며 종이를 펴고 악필로 쓰인 매직 글씨를 감상했다. 그런 다음 푸~하고 길게 한숨을 내쉬었다.

"내가 죽일 년이지. 나만 못살고 불행하면 그만이지. 다른 사람들까지 못살게 하고…."

여자의 눈에 맺힌 감정의 반응물을 보면서 나는 지금껏 내 앞에서 그것들을 보였던 수많은 여자를 떠올렸다. 그것들은 그 당시에는 아주 커다란 진실을 담고 다가왔지만 지나고 나면 아무런 흔적도 남기지 않았다. 마치 웃음처럼 반짝하고 지나가 버렸을 뿐이었다. 내가 냉정해지려고 마음을 다잡을 때 그녀가 여자에게 휴지를 건네주며 지독스럽게 내뱉었다.

"흥, 그렇다고 달라질 건 없어요. 아무것도, 아무것도!"

"알아요, 알고 있어요."

여자는 콧물을 훌쩍이며 손을 내저었다. 사실 지금껏 여자가 우리에게 했던 약속은 아무것도 실현되지 않았다. 우리에게서 많은 돈을 울궈낸 후 간간이 일이 잘되고 있다는 말만 돌려주었다. 조금만 더 기다리면 된다니까. 감정서가 나오면 은행에서 실사 나오기로 했어. 은행을 바꾸기로 했어. 이번에는 잘 될 것 같아. 그러다가 속은 것이 분명하다는 생각이 들 즈음에 여자는 구치소에서 참회의 편지를 보냈다.

"나도 그놈한테 사기를 당했어요. 감정비로 건네준 돈을 닦아 쓰고 연락을 뚝 끊었어요. 박 선생, 내 말은 사실입니다. 그래서 구치소에 있을 때 내가 그놈 이름을 불었어요. 박 선생님도 알잖아요. 그놈 지금 내가 합의를 안 해줘서 구치소에서 못 나오는 거…."

"그래요? 제가 바본 줄 아세요, 아주머니! 그게 그렇게 확실하면 우리한테서 건너간 돈에 대해 사용처를 밝혀요. 그러면 되잖아요."

"아, 그게…."

"봐요. 못하잖아요. 다 까발리고 구치소에 가서 삼자대면하면 되잖아요. 왜 못해요? 그렇게 떳떳하고 정당하게 돈을 썼으면 말이에요."

여자는 입을 다물고 가만히 앉아 있었다. 남 등쳐서 제 가족들 입으로 다 털어 넣은 여자가 무슨 할 말이 있겠어. 나는 여자를 향해 담배 연기를 내뿜고 싶은 것을 간신히 참고 창문 쪽으로 고개를 돌렸다. 밖의 풍경이 보였다가 사라지고 텔레비전 화면이 나타났다. 관리소에서 덜컥 사람이 올라오지 않을까 주위를 두리번거리는 삼십 대 후반의 남자. 떨리는 손으로 밸브를 여는 손목. 후다닥 움직이는 두 아이. 그 뒤에서 소리치는 아낙의 날 선 목소리. 꾸물거릴 때가 아니란 말이야, 어서 씻으러 들어가!

"구치소에서 앉아만 있었더니 인자는 걷지도 못하겠네."

여자가 다리를 매만지기 위해 허리를 구부렸다. 종아리를 주무르고 탁탁 친 후 하이힐을 벗었다. 검은 하이힐은 반짝이지 않았지만 부티가 났다.

"도저히 사람이 움직이지도 못하게 하고, 거긴 지옥이야. 지옥!"

여자는 혼자 중얼거리다가 고개를 들었다. 순간 여자와 나는 눈이 마주쳤다.

"아니, 운동도 할 수 없어요?"

"그럼요. 잠시도 일어나지를 못하게 하니까 그저 하루 종일 앉아 있어야 돼요."

내 관심은 허약한 여자의 다리에서 점점 위로 올라갔다. 오랫동안 섹스의 상대를 찾지 못했던 여자의 몸과 가슴, 그리고 악령의 통로가 된 숨구멍까지. 그러다가 내 몸으로 옮아왔고 얼마 뒤 아까운 내 육신이 던져질 지상의 장소, 머물고 있을 자세가 슬며시 다가왔다. 가재도구가 사라지고 수도가 끊긴 집안에 동그마니 놓인 어린 인체. 그 세포가 기억하는 쓰라린 상처들.

"제가 여기까지 온 이유는, 물론 짐작하시겠지만."

입을 떼자 내 입에서는 표면적이고 예의적인 말들이 쏟아져 나왔다. 나는 입을 굳게 다물었다가 푼 후 강한 톤으로 말했다.

"돈을 받기 전까지는 절대 이 자리를 떠날 수 없습니다. 저는 돈을 받아도 이 자리서 받을 것이고, 죽어도 이 자리서 죽을 겁니다."

여자는 내 말에 약간 움찔하는 표정을 지었다. 그러나 그것은 곧 오만함과 비굴함이 뒤섞인 것으로 변했다. 교도소 면회실의 화상전화를 통해 그녀에게 자신의 억울함을 소리치던 모습과는 딴판이었다. 그래, 당신이 알던 그런 사람의 모습이라고 상상하기 어려울 거야. 당신 모습도 마찬가지야. 차라리 구치소에 있을 때가 더 나았어. 내가 알기에도 여자가 빌린 돈은 수천이 넘었다. 주유소의 젊은 남자 — 옥상의 기름 탱크 앞에서 그는 아래층을 몇 번이나 둘러보며 내게 말했다. 혹시 저 아랫집 여자가 도망이라도 치게 되면 큰일이니까 저한테 좀 알려주세요. 여자한테 받을 돈이 천만 원 가까이 돼요. 여자가 목욕탕 할 때 공짜로 기름을 대주었는데 아직껏 못 받고 있어요. 순박해 보이는 김 영감은 보험회사에서 대출을 받아 여자에게 주었다고 들었다. 그리고 사람을 의심할 줄 모르는 서 노인은 여자의 부탁대로 인쇄소에 부탁해 돈을 빌려준 후, 인쇄소 사장에게 빚 독촉에 시달리고 있었다. 그럼에도 서 노인은 여자에 대해 입을 다물고 있었다. 하긴 오전에 핏덩이를 낳고 오후에 떡장수를 나가야 했던 여자가 먹고살기란 쉽지 않았을 거야.

"지금은 돈이 없어요."

"아는 사람 많잖아요. 전화라도 해 보시지요."

내 휴대전화기를 내밀자 여자는 고개를 저었다.

"아는 사람은 다 알아요. 이제 구치소에서 나온 지 한 달밖에 안 됐어요."

"아주머니 능력 좋잖아요. 거짓말을 하든 사기를 치든."

여자는 고개를 젓는 대신 빤히 나를 쳐다보았다. 하지만 나는 제대로 악당이 되어볼 작정이었다.

"그럼 지금 우리 집에 가봅시다."

여자를 납치하기에는 1톤 탑차가 좋을 것 같아. 그런데 내가 왜 그 차를 두고 왔을까. 세탁물을 싣는 뒤칸에 집어넣고 밖에서 문을 담그면 그만인데. 그러면 여자가 돈을 안 내놓고 배기겠어. 악당을 연기하는 내 모습에 전율이 느껴지고 몸이 부르르 떨렸다.

"물이 끊겨서 돼지우리 같은 우리 집에 가보자구요!"

여자는 대답 대신 휴대전화기를 만지작거렸다. 남편에게 버림받았던 여자가 문득 가엾어졌다. 왜 이런 순간에 내 옆에 남편이 없는 걸까, 여자는 생각하겠지. 그 작자가 옆에 있었다면 수십 년간 혼자 아이들을 키우며 고생해온 가엾은 여자가 나 같이 어리바리한 놈에게 비참한 꼴을 당하지는 않았을 거야. 이곳저곳에 사기를 치고 다니는 일도 없었을 테고.

"조 사장한테 전화 한 번 해봐야겠어요."

여자는 핸드폰을 손에 들고 번호를 누르기 시작했다. 그녀가 내 얼굴을 흘깃 쳐다보았다. 그것 보라, 는 표정을 내게 전파했다. 나는 고개를 한쪽으로 기울여 속단하지 말라는 뜻을 보냈다. 그럼에도 그녀의 얼굴에는 밝은 빛이 떠다니고 있었다. 아직 일이 끝난 게 아니라니까. 여자가 쇼하는 것일지도 몰라….

"어, 전화번호가 잘못됐나."

여자는 핸드폰을 열어 놓은 채 가방에서 작은 수첩을 꺼냈다.

"맞는데… 아, 아니구나."

수첩을 뒤적거리던 여자가 다시 번호를 누르기 시작했다. 그 손가락에 내 감정이 스며들었다. 여자의 손이 버튼에 닿으며 느꼈을 따뜻함이 내게 느껴졌다. 의심하거나 적의를 가질 필요가 없을 때의 그 느낌. 아이들의 얼굴을 만졌을 때의 깃털 같은 부드러움이 떠올랐다. 사실 나는 내 아이가 벌레처럼 자동으로 일상을 영위하고 생을 마치는 인간들 속으로 오지 않기를 바랐다. 다른 자들이 때때로 내뱉듯이, 아이들은 어느 후미진 곳에 도사리고 있다가 불쑥 신발에 달라붙어 걸음을 무겁게 하는 진흙 덩어리는 결코 아니었다. 아이를 원한 것은 그녀였다. 그녀는 다른 사람이 어떻게 살고 있는지 늘 관심을 두고 지켜보았다. 상대적으로 여유 있고, 행복해 뵈는 이웃의 가족들을 부러워하며 질투했다. 입에 오르

내릴 정도가 되는 사람들에게 추파를 던지는 일도 있었다. 그때마다 그녀는 자신이 그런 것들을 누릴 수 없는 이유를 절대 발견할 수 없다고 말했다. — 혹시 내가 어디가 못나서 다른 사람들처럼 살 수 없다면 체념하겠지만 아무리 생각해도 그렇지는 않거든. 이런 그녀에게 자신의 주위를 채워야 할 자식이 없다는 것은 무언가가 결핍되어 있다는 증거였다. 기어이 그녀는 아웃사이더인 나를 설득해 제왕절개로 아이 둘을 낳았다.

"조 사장, 나 좀 살려줄 일이 있습니다."

반대쪽에서 무슨 말을 하는지 온 신경을 집중했지만 들리지 않았다. 파리 떼들이 머릿속에서 들끓을 뿐이었다. 몇 분 후 여자는 대화를 중단하고 귀에서 휴대 전화기를 뗐다.

"어찌 됐어요?"

그녀의 애타는 목소리에 여자는 상큼하게 대답했다.

"조금 기다려 봐요. 전화 주기로 했어요. 조 사장은 내가 한 번 도움을 주었던 사람인데 다른 사람은 몰라도 이 사람은 모른 체 하지 않을 거예요. 그리고 다른 데 전화해서 사정할 데도 없고… 구치소에 있을 때 하나님한테 얼마나 울면서 기도했는지 몰라요. 우리 가족들 같이 살게 해주고 내가 폐를 끼친 사람들한테 은혜를 갚게 해달라고요… 꼭 하나님이 제 부탁을 들어주실 거예요."

이럴 때의 여자는 착한 정도를 벗어나 거의 성처녀로 보였다. 여자가 하나님을 버리지 않는 한 결코 신도 그녀를 버릴 수 없을 거야.

"교회에서 구치소에 있을 때 면회 왔어요."

"그럼요. 목사님이 나를 위해서 금식 기도도 하시고 탄원서도 보내주시고 했어요. 하나님을 믿고부터는 일이 잘 풀리는 것 같아요."

여자는 처음 자신이 목사에게 말했던바, 아니 하나님께 약속했던 바를 지키지는 못했지만 교회 버스 비용으로 몇백의 돈을 기부했다. 그 뒤부터 여자는 의기양양해졌다. 목사 다음으로 목소리를 높였는데 이런 여자를 목사는 어여삐 봐주었다. 좋은 것이 있으면 목사, 맛있는 것이 있어도 늘 목사에게 먼저 가져갔기 때문이었다. 신도들에게도 돌아갈 것이 있었다. 시시때때로 그녀의 집에서는 떡이 만들어졌고, 주일날의 점심도 만들어졌다.

"내가 탄원서를 써달라고 부탁했을 때는 시큰둥하던데…."

그녀의 말을 여자는 엄숙히 잘랐다.

"그렇지 않아요. 얼마나 열심히 하나님께 기도를 했는지 몸이 많이 수척해지셔서 목소리도 제대로 알아들을 수 없을 정도였어요."

문득 내게 한 번도 만난 적이 없는 목사와 여자가 믿고 있는 하나님이 벽면 스크린 위에 나타났다. 당신들은 불쌍한 저 여자 하나 제대로 살리지 못하고 있어, 라고 내가 빈정거리자 목사가 후닥닥 하나님 뒤로 모습을 감추어버렸다. 대신 하나님이라고 생각되는 노인이 대답을 해주었다. 사랑하는 나의 양이여! 난 그대가 생각하는 것처럼 완전하지는 못해요. 모든 일을 알 수도 없고, 행할 수도 없어요. 좋은 비유가 있을 텐데… 음, 미래의 그대 모습을 상상하면 좋을 것 같아요. 아니, 자식을 보는 그대 자신을 떠올리면 좋을 것 같아요. 사실은 나도 성장하는 중이라오. 노인은 내가 지금껏 알고 있는 하느님의 모습이 아니었다. 하느님이 이처럼 무기력할 리 없었다. 하느님은 내게 연기를 하고 있었다. 당신은 내게 아이를 낳게 하고 또 내 아이가 아이를 낳게 할 거야. 또 그 아이가 아이를 낳게 할 거고. 이것이 바로 당신이 말하는 제대로 돌아가는 세상일 거야. 지구나 달이 궤도를 따라 운행하는 것처럼. …물론 저는 애초부터 이런 규칙들이 풀 한 포기 만들어낼 수 없는 인간들에 의해 만들어졌다고 믿지는 않아요. 나무 한 그루, 동물 한 마리, 사람 하나하나에 깃든 영혼을 당신이 아닌 누군가가 불어넣을 수도 없었을 거예요. 전 당신의 뜻을 믿고 존중할 수 있어요. 하지만 끝도 없는 윤회를 되풀이하는 이유를 알 수가 없어요. 한 아이가 자라나 고통을 당하고 악에 물들고, 제대로 성찰할 때쯤 되면 죽고 또 한 아이가 자라나 고통을 당하며 신에 대해 듣게 되지만 또 죽는 걸요. 그렇게 몇만 년 뿌리를 지속시키는 이유가 뭐죠. …뭐라고요, 전 그저 꽃에 불과할 뿐이라고요.

“여기요. 물 좀 더 갖다 줘요.”

비강이 젖은 그녀의 젖은 목소리에 고개를 들었다. 그녀의 눈물샘이 언제든 넘칠 태세로 출렁거리고 있었다.

“그럼, 조 사장이 내일 돈이 된다구요? 내일, 내일 도대체 언제까지 기다리라는 거예요. 믿고 기다리면 된다구요? 지금까지 얼마나 기다렸는데.”

여자는 말없이 그녀를 보고만 있었다. 그러다가 카페 주인이 물을 따르고 나자, 커피 리필이 되냐고 물었다. 예 그럼요, 라고 하자 여자는 그녀도 리필을 받을지 물었지만 그녀는 고개를 저었다.

“그럼, 한 잔만 더 주세요.”

카페주인이 등을 보이기 무섭게 그녀가 포문을 열었다.

“구치소에 들어가기 전에 일이 다 됐다고 했었잖아요. 그런데 한 달이 지난 지금 왜 안 되는 거예요? 저한테 지금까지 거짓말한 거 맞지요. 저한테서 가져간 돈 제 일에 안 쓰고 아주머니 일을 먼저 성사시킨다고 쓴 거 맞지요?"

"그 남자한테 줬어요. 그놈이 중간에서 돈을 가로챘으니까 내가 검찰 조사에서 이름을 불었고, 놈은 구치소에 있는 거지요. 제발 박 선생, 내 말 좀 믿어줘요. 내가 하나님께 맹세코 박 선생 일은 꼭 되도록 해줄게요. 박 선생은 생전에 남한테 나쁜 짓하고 산 사람 아니니까 꼭 좋은 일이 있을 거요."

"이해할 수가 없어요. 아주머니 같은 사람을 속이는 사람도 있나요?"

여자는 픽, 하고 웃었지만 그녀는 화답하지 않았다.

"내가 진작에 아주머니가 이럴 줄 알았어야 하는데."

그녀가 화장실에 간다며 느닷없이 자리에서 일어섰다. 내가 지금 알고 있는 것을 그때도 알았더라면… 내 눈앞에 걸어가고 있는 여자를 사랑하지 않았을 것이고, 결혼을 하지 않았을 것이고, 음… 그렇게 계속하다가 도대체 어디로 갈 거지. 그녀의 뒷모습이 사라지기 전에 짐승 한 마리가 또다시 눈에 휙 들어왔다. 두려움이 일었다. 오십이 넘은 여자가, 그것도 세상의 온갖 파란을 헤쳐 온 짐승이 나 같은 피라미를 요리하기는 얼마나 손쉬울까. 지금껏 이 짐승은 미안하다거나 죄송하다는 따위의 말을 뱉지 않고도 태연히 앉아 있잖아. 그래 더 조여보자.

"지금, 돈을 가지고 집으로 돌아가야 합니다."

내 말에 여자는 의외라는 듯 기대고 있던 소파에서 허리를 뗐다. 눈을 감았다가 뜬 후 여자는 입술을 열었다.

"오늘은 제발 그냥 돌아가세요. 제가 조 사장 말고는 돈을 이야기할 사람이 없어요."

"아니, 지금 집에 돌아가면 죽는 줄 뻔히 아는데 어떻게 돌아갑니까?"

나는 여자의 목을 잡고 숨을 쉬지 못하도록 만들 수도 있었지만 참았다. 여자는 조금 전까지 했던 말을 다시 되풀이하고자 했다.

"제가 그 돈을…."

"됐어요. 저는 아내와 둘 사이에 있었던 거래에 대해서는 알고 싶지 않아요. 제가 지금 말하고자 하는 것은 우리 집에서 아주머니한테 건너간 돈이 지금까지 돌아오지 않고 있다는 겁니다."

"지금 저도 어려워요. 막내는 서울로 보내고 어머니는 큰아들 집에 보내고 찜질방에서 살고 있어요."

"다 아는 얘기는 이만 합시다. 제가 정말 분통이 터지는 것은 어떻게 아주머니가 대리인으로 나서서 중간에 전세금을 가로챌 수 있냐는 거죠? 고소할 수도 있어요."

이 여자의 바코드가 몇 개 머릿속에 떠올랐다. 47년생 8월 5일생. 이것만 컴퓨터에 입력해도 여자의 과거 전력이 모조리 떠오를 거야. 섹스를 몇 번 했는지 상대가 누구였는지도 나올까.

"제발, 제발 그 이야기는 좀 하지 마세요. 구치소라면 이제 지긋지긋해요. 몇 번 이야기했지만 내가 구치소에 있을 때 박 선생님이 얼마나 애를 썼는지 정말 잘 알고 있습니다. 박 선생님이 아니었으면 제가 지금 나와서 커피를 마시고 있겠습니까? 제가 그 은혜는 잊지 않습니다. 하지만 지금 와서 또 저를 넣는다고 하면 그 은혜가 없어지잖아요."

그때 자리에 앉으려던 그녀가 외쳤다.

"제가 지금 말 그대로 굶어 죽게 생겼는데 은혜가 무슨 은혭니까?"

주위에 앉아 있던 몇 사람이 이쪽을 본 후 시선을 거두었다.

"아무튼 저는 돈을 받을 때까지는 이 자리에서 일어나지 않을 겁니다."

여자는 내 말을 가볍게 무시하고 화제를 돌리거나 자리에서 일어날 수 있었다. 생각지도 못한 변명거리로 내 귀를 솔깃하게 할 수도 있었다. 그 점이 두려웠지만 여자는 내 의도를 거역하지 않았다.

"이런다고 문제가 해결이 됩니까? 제발 이러지 마세요. 박 선생! 상가에 가봐야 됩니다."

여자는 나를 제쳐놓고 그녀에게 사정했다.

"검은색 신발이 하이힐밖에 없어 신고 나왔더니 몇 분도 못 걸어요. 자리에 주저앉아 좀 쉬고 있으면 사람들이 지나가면서 한 번씩 쳐다봐요. 나이도 얼마 안 된 사람이 저러고 있나 싶어 그러죠."

"상가요, 상가에 안 가면 죽은 사람이 또 죽습니까? 그게 이것보다 더 중한 일입니까?"

그녀의 말에 여자는 힐끔 눈치를 보며 휴대 전화기를 만지작거렸다.

"좋아요. 그럼 이 사람 데리고 가요. 가서, 내일 아침에 돈을 이 사람 편으로 돈을 보내세요."

내 말에 여자는 난색을 보였다.

"아, 상가에 갔다가 내일 아침에 만날 사람도 있는데 무어라고 소개를 해요. 눈치 빠른 사람들인데, 안 돼요."

"아니면 죽을 때까지 여기 앉아 있읍시다."

이 말을 마치며 나는 수천 년 동안이라도 소파에 들러붙어 있으리라 다짐했다.

"제가 박 선생한테 얼마나 고맙게 생각하는지 몰라요. 꼭 이 은혜는

갚도록 할게요. 변호사님이 그러는데 탄원서가 많이 참작이 됐대요."

여자의 말에 그녀는 고개를 외로 돌리고 있었다. 아무런 응답이 없자, 여자는 자리에서 일어났다.

"화장실에 좀 갔다 올게요."

어디론가 달아나 버릴까 걱정이 된 나는 그녀를 보았지만 개의치 않는 표정이었다. 나는 여자가 일어난 자리를 서둘러 찾았다. 가방이 그대로 남아 있었다. 여자가 문을 열고 나가는 것을 확인하고 그녀에게 말을 걸었다.

"저 여자를 따라가는 게 좋겠어. 내일까지 같이 있다가 돈을 받아와."

그녀는 고개를 끄덕이며 속옷 한 벌이 든 가방을 보여주었다. 그런 후 그녀는 말이 없었다. 어디서부터 무엇이 잘못되었을까. 나는 여태까지 이런 상황이면 되풀이했던 사고를 전개하고 있었다. 우연히 찾아들었던 전셋집 — 그곳에 가기 전에 돌아다녔던 몇 곳의 전셋집. 괜찮은 곳도 있었는데, 하필이면 여자가 살고 있는 그 집을 택해 들어갔을까 — 그 안에 도사리고 있었던 여자와 곧잘 거짓말을 일삼던 여자의 어머니, 2층에서 아래층으로 행해진 수십 번의 생물체 이동. 피할 수 없었던 거야. 이미 내 유전자 속에 사기꾼에게 속을 기질이 숨어 있었던 거야. 그러니까 계통발생을 더듬어 올라가 이 유전자를 내게 물려주었던 내 조상을 탓해야 하는 거지. 그럼 그녀도 나와 마찬가지인가. 몰라, 알 수가 없어. 그런데 주역 점을 쳤을 때 왜 뇌화풍(雷火豊)이 나왔을까. 여자한테서 돈을 받기는 틀린 것 같은데 더할 수 없는 성운이라니. 문득 그녀에게 들었던 이야기가 떠올랐다.

—모처럼 화창한 날이었어. 그래서였는지 모르지만 여행을 앞두고 여선생님은 좀 들떠있었어. 마치 소풍 전날 밤의 아이처럼 말이지. 그래서 여선생은 원피스를 입을까, 바지를 입을까를 두고 몇 번이나 고민했어. 그러다 결국 바지를 입기로 했는데 그건 괜찮은 결정이었어. 제자들에게 짠, 하고 환상적인 모습으로 나타날 수는 없었지만 먼 거리를 운전하며 가기에는 불편했을 테니까. 게다가 그녀는 아직 초보딱지도 떼지 못했거든. 아무튼 여선생은 전날 자신이 가르치던 학생들에게 자랑했던 대로 순박함이 살아 숨 쉬는 시골 초등학교 교정을 향해 차를 몰았어. 가면서 몇 번 아찔한 순간도 있었지만 시가지를 벗어나자 걱정할 게 없었어. 여유 있게 운전할 수 있었거든. 그러면서 여러 가지 공상에 젖었을 거야. 아이들의 얼굴을 하나하나 떠올려 보고, 요놈들이 얼마나 컸을까 생각하며 몇 차례나 빙긋 웃었어. 그래, 너무 길게 이야기할 필요는 없겠어. 두 시간 가까운 거리를 달려 그녀는 원하던 것들을 거의 손에 넣을 수 있었어. 꿈속에서 몇 번이나 보았던 초임지에서 힘차게 피어나는 제자들을 보며 황홀한 시간을 보냈으니까. 자, 동창회가 끝나고 허탈하고 아쉬운 표정으로 제자들에게 손을 흔드는 여선생의 모습을 상상해봐. 감동적이지만 너무 흔한 일이지. 하지만 그것이 그녀가 사람들에게 목격된 마지막 모습이었어. 경찰관에 의하면 그녀는 좀 더 자신의 초임지에서 천천히 떠나고 싶었는지 차를 천천히 몰았어. 그 길이 외길이라는 것도 염두에 두지 않았어. 깍두기들이 탄 검은 차가 바짝 붙었을 때도 그랬어. 뒤에서 몇 번이나 빵, 하고 클랙슨을 눌러도 그녀는 제가 알아서 비켜가겠지 생각했던 거야. 그러다가 정신을 차려 속력을 내보려고 했지만 그때는 이미 늦어 있었어. 결국 그녀는 성질 급한 깍두기들의 손에 머리채를

잡혀 무참하게 죽었어. 물론 그녀는 죽을 만큼 잘못을 저지르지는 않았어. 그녀에게 죄가 있다면 초보운전자였기 때문에 그런 길에서 어떻게 운전해야 할지 몰랐을 뿐이지.

잠시 후 여자가 제 발로 들어왔고, 조금 전의 구도가 그대로 갖춰졌다. 여자는 몇 통의 전화를 받으며 자신이 움직일 수 없는 이유를 그럴듯하게 둘러댔다. 다시 벨 소리가 들렸다. 애들인지 어서 받아 봐. 벨소리가 몇 차례 울려도 자신의 것인 줄 몰랐던 그녀가 휴대전화기를 들었다.

"응, 그래. 저녁은 먹었어?"

저편의 아이들이 어떤 모습으로 전화할지 그려졌다. 아이들의 얼굴을 만졌을 때의 따뜻함과 부드러움이 손끝에 되살아났다. 생명체에게서만 느낄 수 있는 파동도 그랬다. 이 시간 이후에 연약한 이 꽃들을 볼 수 없는 건 아닐까?

"조금 있다가 갈게."

깊은 내막을 모르는 아이들은 언제 오느냐고 계속 묻고 있는 듯했다.

"그래. 애들도 기다리니까 가봐. 내일 조 사장이 돈을 빌려주기로 했으니까 돈을 받는 즉시 내가 보내줄게."

그녀가 귀에서 휴대전화기를 떼기 무섭게 여자는 가방을 챙기며 자리에서 일어서려 했다.

"내가 지금 그 말을 어떻게 믿어요?"

그녀의 고함에 여자는 자리에 주저앉았다. 그런 뒤 누구도 입을 열지 않았다. 안쪽에 앉아 있던 남녀들이 계산대를 향해 걸어가며 몇 마디 잡담을 했다. 그들의 발걸음이 마룻바닥을 울리며 카페를 살짝 흔들었다.

그러자 검은 탁자가 울고, 벽에 걸린 금문교와 남녀의 나신상도 울어대기 시작했다. 아주 오래전, 먼 곳에서 시작되어 진원지를 알 수 없는 이놈은 급기야 카페를 통째로 집어삼킬 것 같았다. 이놈의 정체는 대체 뭘까. 사람들이 알고 있는 신은 아닐까. 이 교활한 영감쟁이. 순간 옆에서 흑흑하는 흐느낌 소리가 났다. 그녀를 보았다. 볼을 타고 내리던 눈물이 바닥으로 떨어질 즈음에 그녀는 한껏 부풀어 오른 울음보를 터트렸다. 예사롭지 않은 울음에 카페에 남아 있던 몇 사람이 고개를 돌렸다가 자신들의 관심사로 복귀했다.

"아, 왜 그래. 박 선생!"

당혹해한 것은 여자였다. 이제 어느 정도 수습을 하고 자리에서 일어나려 했던 여자는 박 선생, 하고 부르다가 천장을 보며 한숨을 쉬었다. 나는 그녀의 손에 냅킨을 쥐어주었지만 그녀는 손을 오므리지 않았다. 그 손을 보며 내게는 특별한 그녀가 지금껏 흘린 눈물을 생각했다. 사실 나 또한 그녀로 하여금 많은 눈물을 흘리게 한 주범이었다. 때로 사소한 일이기도 했지만 그녀로서는 감당할 수 없는 일이었을 것이다. 그녀의 눈물에 특이성이 있다면 규칙적으로 생리하는 여자로서, 양이 많다는 것이었다. 매번 홍수처럼 쏟아진 그녀의 눈물은 구릉과 산을 뒤덮어버릴 정도였다. 그러면 나는 그 속에서 생쥐처럼 허우적거리며 죄스러운 짠맛을 실컷 들이킨 후 해방감을 맛보는 것이었다.

만일, 그런 일은 없을 테지만 그녀의 눈물이 멎지 않는다면… 순간 불안함이 방사선상으로 온몸 곳곳에 퍼졌다. 화가 치밀어 오르며 눈앞에 어른거리는 짐승을 후려갈기고 싶어졌다. 사악함의 화신으로 나타난 이 사기꾼에게 신의 저주를! 아니, 쓸모없고 보잘것없는 나라는 인간이 스스로 죽음을 집어들 것을…. 마침내 갖가지 생각들이 뒤섞이며 범벅이 되어버렸다. 벌떡 자리에서 일어난 나는 무작정 걸어가다가 계산대 앞에서 여주인에게 화장지를 좀 달라고 했다.

"박 선생, 제발 이러지 말아요. 그러면 내가 갈 수가 없잖아요."

"지금 그런 말이 입에서 나와요! 나는 지금 죽게 생겼는데 혼자 가겠다구요?"

"아니… 나는 애들도 기다리고 하니까."

"됐어요. 애들도 돈이 있어야 부모하고 같이 살 수가 있어요. 지금 우리 가족이 뿔뿔이 흩어져서 살게 생겼는데 그 애들도 그 정도는 알겠지요."

여자에게 대꾸하는 동안 그녀는 몇 번이나 눈물을 닦고 콧물을 제거했다. 그럼에도 눈물은 다시 솟아올라 눈시울을 타고 흘러내렸다. 이후로 긴 침묵이 이어져 각자 자신의 동굴로 접어들었다. 빛을 피해 달아난 그곳에서 조금도 새로울 것이 없는 어제를 반복한 후 다시 빛을 향해 되돌아왔다. 거의 이십여 분만이었다. 여자가 입을 열었고, 그것이 눈앞에서 벌어지고 있는 일과 주변의 사물들에게 일상성을 되돌려 놓았다.

"지금 하고 있는 일이 하나 있어요. 경주 시장에 있는 건물을 매입하려고 하는 건데 일이 성사될 것도 같아요. 돈도 몇 억씩 들어가는 것이 아니라 이천이면 되는데 일이 성사되면 같이 살아도 돼요. 저하고 같이. 가건물이지만 집이 두 채가 그 안에 있어요."

"그럼 지금까지 추진하던 음식점을 접어요?"

"그건 안 되겠어요. 한 번 경매가 붙었던 물건이라."

"구치소에 있을 때는 꼭 추진한다고 나한테 몇 번이나 말했잖아요."

"안 돼요. 안 돼. 참, 전에 내가 했던 목욕탕을 최 회장이 도로 가져가라고 하는데 박 선생이 가져가면 어때요?"

"그걸 어떻게?"

"얼마 전에 사무실에 갔더니 나한테 그런 얘기를 하더라구요.

"됐어요. 지금 그런 얘기는 하지 마세요."

이런 이야기 끝에 여자는 내게 제안을 했다.

"그럼, 제가 오늘 저녁에 박 선생을 데리고 찜질방에 가서 자고 내일 올려 보내면 어떨까요?"

그녀를 데리고 가면 사람들 눈에 띈다느니 하며 손사래를 쳤던 여자가 어쩐 일이지 싶었다.

"그렇게 하세요."

"자, 그럼 자리에서 일어납시다."

여자는 가방에서 지갑을 꺼내더니 천 원권 지폐를 몇 장 끄집어냈다.

"이것밖에 없어요. 커피 값에 보태요."

"됐어요."

그녀는 여자의 돈을 받지 않고 먼저 계산대를 향해 걸어나갔다. 뒤를 이어 여자가 가방을 들고 밖으로 나갔다. 얼떨결에 자리에서 일어난 나는 셈을 치르고 돌아서는 그녀에게 다가갔다.

"따라갈 거지?"

그녀는 여전히 젖은 눈으로 힘없이 웃었다.

"그냥 집에 가고 싶어. 저렇게까지 하는데 설마 이번에도 속이겠어?"

(끝)

견갑골의 비밀

견갑골의 비밀

새파란 불꽃이 혀를 날름거리며 부젓가락을 애무한다. 선홍색으로 달아오른 부젓가락은 겨드랑이에 닿자마자 부지직하는 소리를 내며 막 돋기 시작한 여린 날개를 태우기 시작한다. 오싹한 냄새가 방안을 가득 채운다.

그녀는 외마디 비명을 지르며 한 손을 쳐든 채 욕실의 거울로 향한다. 거울 속에는 이십 대 후반의 여자가, 줄 맨 앞의 아이가 기준, 하고 외칠 때처럼 오른팔을 쳐들고 섰다가 금방 억울한 표정을 짓는다. 그녀의 겨드랑이에 날개가 탄 흔적은 없다. 작은 털들만이 개구리 알처럼 크림빛 정액 속에 갇혀 있을 뿐이다. 하지만 다른 사람들이 볼 수 없는 은밀한 곳에 한 송이 국화가 피어 있다. 갈색 피부 위에 하얗게 부풀어 오른 꽃잎, 꽃잎들.

그녀는 감았던 눈을 뜬다. 눈이 시리도록 새파란 불꽃이 부젓가락을 달구며 엷은 전구의 빛을 몰아내고 곳곳을 푸르게 물들였다. 그녀의 알몸, 유리문, 씽크대, 남편의 얼굴까지. 그녀는 조금 전까지 숨을 헐떡이

다가 계집아이가 길섶에 버린 인형처럼 널브러져 있다. 사지는 감당할 수 없이 나른하고 알몸에는 솟아난 땀방울이 물처럼 번져 있다. 그럼에도 관절 마디마디에는 금방이라도 튀쳐나갈 전류들이 가득하다.

"넌 달아날 수 없어."

배화교도처럼 불꽃을 들여다보던 그녀의 남편이 중얼거렸다. 남편은 도취된 듯 약간 멍한 표정에 야릇한 웃음을 짓고 있다. 내부에 가라앉아 있던 침전물들이 불꽃을 바라보는 동안 의식으로 툭 튀어 올라 이리저리 날뛰는 바람에 작은 망설임조차 덮어버린 듯하다.

남편이 그녀 쪽으로 고개를 홱 돌린다. 그런데 그것은 남편의 얼굴이 아니었다. 이마에 하얀 칠을 하고 양 볼에 검은 칠을 한 주술사다. 종족의 얼굴에 부족의 문신을 새기고, 할례를 행하고, 죽은 자의 영혼을 향해 명복을 비는 주술사이다. 바로 그 남자가 부젓가락을 든 채 그녀에게 다가오고 있다. 그것은 본 그녀는 다시 눈을 감는다. 그러면서 관절은 품고 있던 전류를 방출한다. 또다시 파란 불꽃이 인다. 그녀는 관절이 부풀어 오르는 것을 느낀다.

이윽고 거친 숨소리가 그녀의 앞가슴에 와 닿으며 저릿한 열기가 느껴진다. 남자가 무어라고 알아들을 수 없는 주문을 윈다. 이것이 그녀에게는 사랑해, 사랑해, 죽도록 사랑해, 를 거꾸로 말하는 듯하다. 그녀는 경련을 일으키는 눈두덩이 너머로 또 하나의 영상을 본다. 주술사의 손에 들린 날선 칼이 나체인 자신을 향해 내려오는 장면이다. 그녀는 자신도 모르게 꿈틀거린다.

"가만있어!"

착 가라앉아 위엄 있는 말이 남자의 입에서 흘러나온다. 그녀는 고개를 도리질하며 진저리를 친다. 그때 남자가 또 하나의 꽃잎을 그녀의 몸에 돋을새김하기 위해 부젓가락을 쳐든다.

"아, 악!"

그녀의 허리가 공중으로 들렸다가 다시 바닥으로 내려앉는다. 그녀는 사방으로 날아간 피를 만져보기 위해 방바닥을 더듬는다. 하지만 아무것도 만져지는 것이 없다. 머리가 흐트러지고 핏발이 선 눈의 그녀는 남자를 바라본다. 음험한 주술사의 모습은 간데없고 채 자라지 않은 어린 아이가 앉아 있다.

어떻게 해서 그녀는 이 남자를 사랑하게 되었을까. 그를 만나기 전까지만 해도 그녀는 남편의 존재를 몰랐다. 이 세상 어느 구석에 이렇게 잔혹한 남자가 자라고 있을 줄 꿈에도 생각지 못했다. 그녀가 그를 만난 것은… 그를 만난 것은 사람이고 가로수고 녹여버릴 것처럼 내리쪼이던 태양이 여위던 8월의 어느 저녁이었다.

회사 정문을 나오며 그녀는, 내내 햇살에 주눅이 들어 있던 사람들이 활기 있게 움직이는 것을 보았다. 그녀는 육교를 건너 버스정류장을 향해 걸어갔다. 뒷덜미가 스멀거리는 것을 느낀 것은 바로 그때였다. 처음에는 날벌레가 스쳐 간 것이 아닌가 싶어 뒷덜미를 만져 보았고, 그다음에는 수양버들 잎이 옷에 들어간 것이 아닌가 싶어 목 뒤로 손을 넣어 뒤적여 보았다. 아무것도 만져지는 것이 없었다.

그녀는 다시 걷기 시작했지만 여전히 뒷덜미가 간질거리는 것을 느꼈다. 왜 이러지, 그녀는 주위를 둘러보다가 작은 키에 눈썹이 짙은 남자의 눈과 마주쳤다.

픽, 그녀는 속으로 웃으며 길을 재촉했다. 저러다 말겠지. 흔한 일이었기 때문에 그녀는 남자가 계속 뒤따라오고 있는지 발자국 소리를 확인해 보기만 했다. 남자는 그녀가 타는 버스에 올랐고 그녀가 내렸을 때 같이 내렸다. 하지만 인적이 드문 길에 접어들며 그녀는 불안한 생각이 들었다. 갑자기 남자가 달려들어 키스한다든지, 입을 막고 대나무 숲 속으로 끌고 들어가 버리면 어쩌나 싶어서였다.

그녀는 집이 보이자, 뛰기 시작했다. 가죽나무를 지나고 돌계단에 올라 초인종을 누르고서야 그녀는 뒤를 돌아보았다. 남자가 언덕배기 돌담 부근에 몸을 숨긴 채 그녀를 보고 있었다.

어떻게 사람을 한 번 보고 쫓아올 수 있을까. 그녀는 그것이 궁금했다. 그녀의 경험으로는 이해할 수 없는 일이었기 때문이다. 그녀는 낯선 사람과 말을 나누기까지는 많은 시간이 필요했다. 말투나 얼굴, 어느 부분에 돋친 가시를 문질러 없애야만 비로소 다가갈 수 있었던 것이다. 남자는 더더욱 그랬다. 첫눈에 반한다는 말 따위는 당치도 않았다.

그 후로도 남자의 미행은 계속되었다. 그녀가 회사 정문을 나서면 남자는 전화부스나 담뱃가게 앞에 서 있었다. 그때마다 그녀는 옆자리에서 천을 자르고 가위질을 하던 명지에게 집까지 바래다 달라고 하기도 하고, 남자를 따돌리기 위해 커피숍에서 몇 시간을 보낸 적도 있었다. 그렇지만 이런 노력은 아무 소용이 없었다. 남자는 어느 곳엔가 도둑처럼 숨어 눈을 빛내고 있다가 그녀에게 모습을 드러냈다. 정말 잡초처럼 끈질긴 놈이군. 내심 생각하면서도 그녀는 어떻게 할 방도를 취하지 못했다. 오빠에게 이야기해서 한 번 손을 봐주라고 할까, 아니면 여러 사람이 있는 곳에서 톡톡히 창피를 줄까.

그런 어느 날이었다. 매일 보이던 남자의 모습이 보이지 않았다. 첫날은 별다른 생각 없이 그녀는 흘려보냈다. 이제 녀석이 제풀에 지쳐 나가떨어졌군, 싶었던 것이다. 다음 날도, 그 다음 날도 남자가 보이지 않았다. 이 남자에게 무슨 일이 생겼을까. 불현듯 그녀는 남자의 소식이 궁금해졌다. 이 남자가 나 몰래 영혼의 허술한 곳에 슬쩍 다리를 걸친 것일까. 이렇게 생각했지만 그녀는 그것이 남자의 음모라는 것은 알아차리지 못했다.

며칠 후 발을 끊었던 남자가 스스로 모습을 드러냈다. 회사 정문을 나오자, 태연스럽게 담뱃가게 앞에서 오직 그녀를 향해 빛을 내고 있었던 것이다. 그때의 그 설레임이라니, 그녀는 그때 처음으로 사랑이란 이런 것이 아닐까 생각했다. 그것은 박하사탕을 먹었을 때처럼 환하고 시원한 느낌이 들게 했고, 무미건조하게 보았던 세상에 이유 없이 정감을 느끼는 하는 마력을 지니고 있었다.

시집에서 시작된 신혼 때도 내내 그런 기분이 이어졌다. 작고 보잘것없는 집 주위로 휘황한 빛을 내는 띠가 둘러져 있었다. 그것이 술에 취해 고함을 지르기 예사인 시아버지, 사사건건 잔소리를 늘어놓을 뿐 아니라 아들인 남편을 마음껏 주무르는 시어머니를 감싸고 있었다. 그리고 취침할 시간에야 겨우 옆으로 돌아오는 남편을 덮고 있었다.

밤이면 그녀는 남편에게 무릎을 내어주려고 했다. 하지만 부끄럼을 타는 남편은 얼굴을 붉히며 매번 그것을 마다했다. 어쨌든 그녀는 그런 남편을 상대로 앞날의 희망에 대해 말하기도 하고 지난 일을 털어놓기도 했다. 할아버지의 신발을 감추고 도망을 쳤던 일, 빵을 주지 않는 날은 학교에 가지 않았던 일, 실패했던 오빠의 사업이 일어나면서 다시 여러 개의 온실을 가지게 된 사정 등을 빼놓지 않고 말했다.

자신의 얘기가 바닥날 즈음 그녀는 남편에게 지나간 일을 말해 달라고 졸랐다. 남편은 처음에는 질색하더니 그녀가 믿을만하다고 여겨서인지 하나씩 둘씩 풀어놓았다.

그는 학교에서 늘 앞자리에 앉아 있었다. 키가 자라기를 바랐지만 친구들에게 미치지 못했던 것이다. 그에게는 친구도 없었다. 하굣길에 무리 지어 가는 친구들과 떨어져 혼자 공상에 젖어 걸어 다녔다. 이런 그가 도착한 집도 그리 따뜻하거나 아늑한 구석은 없었다. 어느 날은 어머니가 몇 일째 집에 들어오지 않아 술 취한 아버지가 동생들을 상대로 어머니를 찾아오라고 성화를 부리고 있었다. 또 어느 날은 아버지가 어머니를 학대하고 있었다. 그럴 때마다 그는 집 옆 야산으로 올라가 바위위나 버덩에 앉아 있었다. 그곳에서는 따스한 빛이 감도는 저지대의 집들이 아주 잘 보였다.

'당신은 아마 맨정신으로 자신을 생각해 본 적이 없고, 사소한 일로 트집을 잡아 어머니를 비난하고 때리는 것으로 가장의 권위를 세워보려는 아버지를 닮고 싶지 않았을 거야. 그래서 어른들이 싸우는 이유를 모르면서도 어른이 된다면 여자를 때리는 남자는 되지 않을 것이라고 다짐했을 테고. 어머니가 아버지에게 맞는 것을 보며 즐거워할 자식은 없을 테니까.'

남편의 말을 들으며 그녀는 나름대로 생각했다.

당연하지만 그는 어머니의 말을 아주 잘 듣는 착하고 복종적인 아들로 자라났다. 그녀가 처음 본 모습 그대로였다. 하지만 그 눈빛이 어딘지 모르게 불안했음을 기억한 그녀는 남편에게, 그것도 장난스럽게 캐물었다. 하지만 그는 자신이 왜 그런 눈빛을 가지게 되었는지 정확하게 모르고 있었다. 다만 그 이유로 추측되는 것만을 그녀에게 들려주었다.

그는 어릴 적 어머니에게 들었던 말로 인해 늘 고심하고 있었다. 어떤 일을 하려고 할 때마다, 거리를 지나는 사람을 볼 때마다 그 말들이 떠오른다는 것이다. 그것은 두 가지 상반되는 말이었다. 한 가지는 우리 아기 엄마 말을 잘 들어야지, 그러면 엄마가 과자도 사 주고 늘 집에 있지, 라는 말이었다. 그리고 또 한 가지는 넌 정말 형편없는 놈이야, 꼭 네 애비를 닮았어, 라는 말이었다.

그때였다. 집이 흔들리며 선반 위에 놓여있던 유리병이 그녀의 머리 위로 떨어지기 시작했다. 유리병이 머리에 부딪힐 때마다 푸른색, 갈색, 무색의 액체가 그녀의 머리 위로 쏟아져 내렸다. 머리에서 김이 오르기 시작했고 그녀의 뇌에 배수관처럼 커다란 구멍이 뚫렸다.

그녀는 오열하며 남편을 껴안았다. 내 인생에서 가장 소중한 남자가 이런 고통으로 괴로워하다니. 그녀는 할 수만 있다면 남편의 기억을 모조리 깊은 바닷속에 처넣고 싶었다.

하지만 그런 마음은 며칠이 지나지 않아 식어버리고 말았다. 예기치 않았던 남편의 행동이 집을 둘러싸고 있던 빛의 띠를 걷어가 버렸다.

"잠깐 나와 봐!"

남편의 말투에 그녀는 심상치 않다고 느꼈다. 내가 잘못한 일이 있는 것일까. 내심 불안한 심정으로 그녀는 마당으로 나갔다. 밖에는 이미 어둠이 짙게 깔려 있었고 하늘은 별이 가득 메우고 있었다.

"그게 무슨 말버릇이야?"

남편의 말에 그녀는 깜짝 놀랐다. 건조하고 메마른 이 말투는 순진하고 착한 남편의 입에서 흘러나올 수 있는 음성이 아니었다.

"무얼 말인데요?"

"어머니가 시키면 네, 하면 그만이지 왜 토를 달아?"

그녀는 어리둥절했다. 이렇게 저급한 언어를 남편이 사용할 리 없었다. 그녀는 믿을 수 없었지만 웃음으로 얼버무리려고 했다.

"난 또 뭐라구요?"

그녀는 오후 늦게 시어머니가 빨래를 삶으라는 말에 나중에 할게요, 라고 했었다. 그녀는 약간 화가 났다. 그녀는 시집에 살게 된 이래 시어머니가 손에 물 묻히는 것을 본 적이 없다. 시어머니는 누구의 동의도 거치지 않고 그녀에게 일을 지시하고 감독하는 자리로 물러났다.

"도저히 말로는 안 되겠어."

아무런 대꾸없이 그저 예, 하기만 하면 되었던 일인가, 그녀는 후회했지만 벌써 남편의 혁대가 그녀에게 날아오고 있었다. 그녀는 뱀이 날아오기나 하듯 반사적으로 양어깨를 감싸며 주술사의 모습이 떠올랐다. 그녀가 알던 남편이 이런 행동을 할 리는 없었다. 주술사의 혼령이 남편에게 달라붙은 거야.

"너 없이는 살아도 어머니 없이는 못 살아."

자신의 아이를 땅속에 묻으려 했던 과거의 한 어머니는 남편의 말에 동의했을까. 그녀는 그것이 궁금했다. 과연 시어머니를 위해 자식을 묻는 것에 고개를 끄덕였을까. 그녀는 진저리가 쳐졌고 몸이 부들부들 떨렸다.

그러면 그간의 은밀한 속삭임이, 따뜻하고 훈훈하게 이 집을 감싸고 있는 빛의 띠가 가짜였단 말인가. 정말 그랬다. 그 후로 그녀의 눈에 빛의 띠는 보이지 않았다.

"내 말이 말 같지 않아?"

어린 시절에 어머니가 자주 집을 들락거렸기 때문에 생겼음 직한 남편의 상처는 얼마든지 이해할 수 있었고 보듬어줄 수 있었다. 하지만 이것은 무언가 잘못됐다고 그녀는 생각했다. 남편은 다시 어머니와 같은 여자를 만들려 하고 있어.

"네, 알겠습니다."

남편을 미워하거나 거역할 마음은 아직 그녀에게 없었다.

"진작 그럴 일이지. 다시는 어머님한테 말대꾸하지 마. 어머님이 가장 싫어하는 것이니까."

그 순간 남편의 얼굴에 덮여 있던 분장이 사라졌다. 다시 순진한 아이의 얼굴로 돌아왔다.

"미안해, 내가 좀 심했지?"

남편이 이를 드러내며 억지로 친근한 표정을 지었다. 하지만 그녀는 그것이 진심인지 어쩐지 알 수 없었다. 언제 또다시 주술사의 분장을 하고 나타날지 알 수 없었다.

빛의 띠가 사라진 직후 그녀는 누군가가 앞에 앉아 손톱을 깎고 있을 때와 같은 불안함을 느꼈다. 처음에는 집안일 때문에 피로해서일 거로 생각했다. 내일이면 괜찮겠지, 그녀는 스스로 위로했다. 하지만 다음 날도, 그 다음 날도 마찬가지였다.

그러면서 아무런 빛도 없이 건조한 세계가 그녀의 눈에 들어왔다. 시댁은 가난했고, 남편은 그다지 능력이 뛰어난 사람이 아니었다. 남편은 고생 끝에 겨우 학교를 졸업해서 제철회사에 다니고 있었고, 시부모와 동생들을 부양해야 하는 장남의 위치에 있었다. 앞으로 기대되는 것은 희망과 꿈이 아니라 생활의 자질구레한 걱정뿐이었다. 그녀는 맏며느리였지만 가족의 테두리에 들어가지 못하고 있었다. 집안일을 도맡아 하고 있었지만 중요한 가족회의에서는 늘 제외되었다. 게다가 그녀는 남편과 시어머니의 나이를 모르고 있었다. 남편은 단지 그녀에게 두 살이 많다고만 했고, 시어머니는 친정어머니보다 한 살이 많다고만 했다. 두꺼비보다 나이가 많은 사람들이야, 그녀는 그렇게 생각할 수밖에 없었다.

무뚝뚝했지만 온순한 인상을 지녔던 남편도 그 사건 이후로 변화를 보이고 있었다. 밖에서 친구를 만나는 일이 거의 없었기 때문에 늘 제시간에 귀가했던 남편이 스스로 잔업을 자청해서 그녀가 설거지를 마치고 한참이 지나야 들어왔다. 귀가해서도 그랬다. 그녀 옆에 우두커니 앉아 텔레비전만 보고 있거나 시어머니가 있는 안방에 밤늦게까지 앉아 있었다. 그녀가 물어도 귀찮은 표정을 짓기 일쑤였고, 어쩌다 마지못해 대답하는 것이 고작이었다.

남편이 주량을 늘려가며 술을 마시기 시작한 것도 이즈음이었다. 남편이 술 마시는 것을 한 번도 보지 못했던 그녀는 놀라웠지만 감히 남편을 말리려는 생각은 하지 못했다. 그녀에게 고생만 시켜서 미안하다고 울먹여도 듣기만 했고, 여동생의 집에 전화를 걸어 맏이가 되어 할 짓을 못하고 있다고 울부짖어도 보고만 있었다. 남편의 이런 행동이 어쩐지 자신의 잘못인 양 여겨져 고통스러웠기 때문이다. 하지만 그럴 필요는 없었다. 그녀는 모르고 있었지만 남편은 결혼하기 이전부터 술고래였다. 집안 식구들이 다들 쉬쉬하며 숨겨왔을 뿐이었다.

그러면서 그녀는 부지런히 집 안팎을 쓸고 닦는 일에, 빨래하는데 열을 올렸다. 집 안팎이 먼지 하나 없이 깨끗해진 것을 보면 가슴에 켜켜이 쌓인 것들이 모조리 사라진 것처럼 후련했고, 세탁된 옷을 후려치듯 털어 빨랫줄에 널 때는 마음이 깃털처럼 가벼워졌다. 또 남편 몰래 푼돈을 모아 화장품을 하나씩 사들이는데 재미를 붙였다. 그것들이 화장대 위에 앉자마자 말을 하고 그녀의 말을 들어주었다. 그녀는 그들에게 남편의 무심함에 대해, 아니면 시부모의 냉혹함에 대해 말했다. 그리고 다정한 친정 부모님에 대해 말하기도 했다. 그러면서 그녀는 한숨을 쉬기도 하고 눈물을 쏟기도 했다.

어느 날 같이 천을 고르고 바느질을 했던 명지가 그녀의 집을 방문했다. 명지는 회사에서 여성인권위원회 간부를 했을 정도로 맹렬한 데가 있었다.

"어머, 오랜만이다."

"시가에 일이 있어서 내려온 김에 널 보고 싶어 들른 거야."

명지는 그녀보다 먼저 결혼해서 세 살 난 딸을 두고 있었다. 햇살이 그득한 명지의 얼굴을 보자 그녀는 문득 부러움을 느꼈다.

"선희야, 그런데 너 다이어트 하니?"

"아니."

무심코 대답해 놓고 그녀는 자신의 몸매를 돌아보았다. 처녀 적에는 풍만하다고 다들 말할 정도로 통통했는데, 지금은 광대뼈가 튀어나오고 곳곳에 기미가 서려 있었다.

"시집살이가 심한가 보다."

"요새 시집살이하는 사람이 어디가 있어?"

능청을 떠는 한편으로 그녀는 여기 그런 사람이 있단다, 라고 생각했다.

"참, 신혼 재미는 어때?"

"깨가 쏟아진다, 왜."

왜 이런 물음이 서글프게 다가오는 것일까. 그녀는 자신도 모르게 한숨을 쉬며 머리카락을 걷어 올리기 위해 팔을 들었다. 그때였다.

"너, 이게 뭐니?"

그녀는 놀라서 얼른 팔을 내렸지만 이미 늦어 있었다. 명지는 그녀의 손목을 잡고 놓아주지 않았다. 팔목 언저리에 생긴 상처를 본 것이다.

"아무것도 아니야. 일하다가 좀."

"잠깐만 이리 와."

"아무 것도 아니라니까 그러네."

그녀는 명지에게 손목을 잡혀 아랫방으로 들어갔다.

"사실은 남편한테 맞아서 그런 거야. 너만 알고 있어."

그녀는 다른 곳도 보자고 할까 두려워 서둘러 이렇게 말해버렸다. 명지가 애처로운 눈으로 그녀를 보았다. 그녀는 그 눈빛이 무엇을 말하는 줄 알고 있었다. 명지는 페미니스트들이 곧잘 웅변조로 그러하듯 이 땅의 불행한 여자여, 라고 말하는 것이 틀림없었다.

"병신 그러면서 왜 살아?"

명지의 눈에 눈물이 배어났다. 그녀도 울고 싶었지만 찔끔 한 방울 나오더니 멎어버렸다. 그런데 그 눈물이 커지며 지구본이라는 회전기구가 되었다. 빙빙 돌아가는 속에 앉아 있던 그녀는 차츰 어지러워지기 시작했다. 그래서 기구를 돌리는 남편에게 어지러움을 호소하고 있었다. 인제 그만 멈춰요, 제발요. 하지만 남편은 미소만 빙긋 지을 뿐 여전히 놀이기구를 돌리고 있었다. 제발요, 튕겨 나갈 것 같아요, 그녀가 소리쳐도 소용이 없었다. 그녀는 지구본을 움켜잡은 채 눈을 질끈 감았다.

"때리는 거 말고는?"

이 말이 명지의 입에서 흘러나오자 그녀는 감았던 눈을 떴다. 그녀는 몸서리를 치며 얼굴에 검은 칠을 한 주술사를 떠올렸다. 그 남자의 손이 은밀한 곳을 향해 움직여질 때마다 국화 꽃잎은 생명을 얻고 있었다. 하지만 그것까지 친구에게 말할 용기는 없었다. 명지의 반듯한 이마를 보면 더욱 그랬다.

"술 먹고 한 번씩 때리는 것밖에 없어."

"지금이라도 그만두면 안 되겠니?"

명지의 말이 뜻하는 바를 잘 알고 있었지만 그녀는 고개를 저었다. 넌 주술사의 저주를 몰라.

"그때 내가 적극 말렸어야 했는데."

"아니야. 내가 좋아서 그런 건데, 뭐."

"지금이라도 내 말 듣는 것이 좋아. 안 그러면 나중에 후회해."

그녀는 아무런 대답도 할 수 없었다. 넌 남자를 경멸할 수도, 용서할 수도 있지만 난 아닌 걸 어떡해.

명지는 그녀로서는 감히 흉내 낼 수 없는 당당함을 지니고 있었다. 명지의 양어깨와 등을 토닥이는 밝은 햇살이 그것을 말해주고 있었다.

후회할 거야, 라는 명지의 말이 부메랑이 되어 돌아온 것을 그녀는 미처 알아차리지 못했다. 워낙 순식간에 일어난 일이라 따져볼 경황이 없었다.

이날따라 일찍 들어온 남편은 화장대 앞으로 갔다. 코발트블루 색 화장품 통이 눈을 자극했던 것일까. 남편은 립스틱, 스킨로션, 파운데이션 등을 만져보더니 콘트롤 크림을 거꾸로 들고 가격표를 확인했다. 그러더니 갑자기 그녀의 얼굴을 향해 그것을 집어 던졌다.

그녀는 화가 나서 집을 뛰쳐나왔고 차가운 아스팔트가 발바닥에 느껴졌을 때야 비로소 명지의 충고에 고개를 끄덕였다. 남편에게 네 식구와 동생들이 매달려 있는 것은 그녀도 잘 알고 있었다. 그랬기 때문에 돈 문제라면 늘 벌벌 떠는 것도 이해할 수 있었다. 그녀가 야속하게 느낀 것은 남편이 아내라는 여자에게 한 푼도 쓰지 않으려 하고 있다는 사실이었다.

"망할 놈의 어떤 자궁이 저놈을 세상에 내놓았어?"

평소의 그녀로서는 감히 생각지도 못했던 상스런 말이 입에서 터져 나왔다. 그리고 흥분이 채 가라앉지 않은 상태에서 시어머니와 수천수만의 인간에 대한 멸시를 퍼부었다. 그것이 약간 가라앉자, 그녀는 은근히 걱정되기 시작했다. 어쩐지 이 행동이 온당치 못하다는 생각이 들었고, 말할 수 없이 큰 죄를 지은 기분이었다.

그녀는 앞을 가린 머리칼을 몇 번이나 쓸어 올리며 공중전화를 향해 걸어갔다. 지금 그녀가 도움을 청할 곳은 친정밖에 없었다. 그녀는 전화기에 동전을 집어 놓고 버튼을 누르기 시작했다. 하지만 다섯 번째 버튼을 누르다가 송수화기를 내려놓고 말았다. 집을 나왔다는 말을 들을 때 어머니의 심정이 어떨지 생생하게 느껴졌던 것이다. 몇 번이나 딸까닥 하는 가벼운 금속음이 울렸고 동전이 동굴을 타고 내려왔다. 그러면서 그녀는 얼굴에 쓰고 있던 가면을 하나씩 벗어 던졌다. 이윽고 모든 가면이 모두 벗어졌을 때 신호음이 기차의 기적 소리처럼 들려왔다.

"누구냐?"

"어머니, 죄송합니다."

그녀의 울림이 날카로운 반향을 몰고 되돌아왔다.

"그놈이 또 지랄을 하더냐?"

순간 그녀는 명지가 어머니에게 사정을 전했다는 것을 깨달았다. 어머니는 이 순간을 기다리고 있었던 듯했다.

"……."

"거긴 어디야?"

"부산이에요."

"택시 타고 빨리 와."

약 한 시간 후 그녀는 결혼 전에 머물렀던 집에 도착했다. 어머니는 몸을 부들부들 떨며 택시기사에게 택시비를 지불했다.

"아니, 이 얼굴이 뭐냐?"

하긴 그녀의 얼굴에서 처녀 적의 모습을 찾아내기는 힘들었을 것이다.

"……."

"무슨 일이 있었는지 말해 봐. 하나도 빼지 말고."

미리 준비하고 있었던 듯 어머니가 다그쳤다. 남편이 던진 화장품이 머리에 맞았다고, 시어머니에게 말대꾸 한 번 잘못해서 남편의 채찍이 온몸을 휘감았다고는 말할 수 있을 것 같았다. 하지만 겨드랑이에 방사한 남편이 은밀한 곳에 꽃잎을 만들었다고는 말할 수 없었다. 그것은 남편의 말처럼 둘 만의 비밀일 수도 있었다.

그녀는 쉽게 입을 열 수 없었다. 어떻게 그런 일을 수치스럽게, 내 입으로, 그녀는 눈을 비볐다. 말라붙은 눈물 때문에 눈동자에서 삐걱거리는 소리가 났다. 그런데 그 소리가 그녀가 빠져나왔던 아득한 자궁을 일깨웠다. 그때 그녀는 어머니와 한 몸이었고 부끄러움을 알지 못했다. 다시 그곳으로 돌아갈 수 있다면, 이윽고 그녀는 입을 열었다.

예상했던 일이지만 그녀가 몇 개의 보자기를 풀기도 전에 어머니의 얼굴이 흙빛으로 달라졌다. 그녀는 당황하여 황급히 보자기를 덮었다. 이 때문에 어머니는 화난 목소리로 한 번 더 채근했다. 아무래도 내 입으로는 말할 수 없겠어.

결국 그녀는 어머니 앞에서 발가벗겨져 온몸의 구석구석을 내보이지 않을 수 없었다. 어머니의 놀란 눈초리가 등과 허리, 가슴에 걸쳐서 흐르는 검푸른 구름에서 오랫동안 머물렀다. 그런 다음 순백의 국화로 시선이 옮겨졌다. 어머니의 입이 음, 하는 신음과 함께 쩍 벌어졌다. 마치 하나의 꽃잎이 모자란 그 국화처럼.

"아이구, 그놈이 널 죽일 작정이었어."

그렇게 탄식한 다음 어머니는 눈시울을 적셨다.

다음 날이었다. 흰 치마저고리를 입은 어머니는 부드러운 흰 수건을 손에 들고 있었다. 피리와 북이 울리자 어머니는 짐짓 느리게 움직이기 시작했다. 그러더니 수건을 왼팔에서 오른팔로 옮기며 한없이 초라한 주술사의 몸통을 굴리고 있었다.

"야, 이놈아! 내 딸이 어떤 애인지 알아?"

어머니는 남편을 꿇어앉히고 다그쳤다.

"선녀가 내 치마폭에 안겨준 애야!"

어머니의 말에 옆에 있던 그녀는 왈칵 눈물이 쏟아지려는 것을 참아야 했다.

"죄송합니다. 죽을죄를 지었습니다."

남편은 고개를 푹 숙이고 두 손 모아 빌고 있었다.

"그런 애를 이렇게 만들어? 선희는 네 여자이기 이전에 이 집 딸이야. 내 딸이 당한 것 같이 오늘 나한테 당해 봐."

어머니가 손에 들고 있던 수건을 허공을 향해 던졌다. 그것을 신호로 아버지와 오빠의 손이 숨 가쁘게 움직였다. 그러자 피리와 북이 귀청이 찢어질 것 같은 소리를 냈다.

"죽여주십시오."

남편은 엎드린 채 꼼짝도 하지 않고 있었다. 그녀는 믿을 수 없는 광경에 눈을 비볐다. 저 남자가 과연 은밀한 곳에 국화를 새기던 거인일까 싶어서였다. 그러면서도 차마 남편이 맞는 것을 볼 수 없어 고개를 돌리고 말았다.

"여기다 각서를 써. 진단서하고 같이 보관하고 있을 테니까."

어머니가 남편 앞에 종이와 인주통을 들이밀었다. 남편은 순순히 따랐다. 떨리는 손으로 글을 썼고 엄지손가락에 인주를 묻혔다.

어머니는 몸을 굽히고 엎드려 수건을 공손히 들어 올렸다.

"글쎄, 들어보라니까. 어떤 개자식이 널 부르고 있다니까."

술에 취해 혀가 뱀처럼 꼬부라진 남편의 말에 그녀는 놀라웠다. 그녀는 남편의 입에서 귀신이라는 말이 발음되어 나오는 것을 들은 적도, 약간 겁에 질린 듯한 표정도 본 적이 없다.

"누가 부른다고 그래요?"

그녀는 창에 귀를 갖다 댔다. 자동차 바퀴 굴러가는 소리, 무언가 웅웅대는 기계음이 들리는 듯했지만 어디에고 사람의 소리는 들리지 않았다.

"그러면 귀신인가?"

남편이 혼잣말처럼 중얼거린다. 괜히 얼버무리려는 수작이라고 그녀는 생각했다.

"귀신이라면 몰라도요."

시댁의 허락을 얻어 분가한 후 남편의 태도에 약간 변화가 생겼다. 그녀에게 화를 내거나 사소한 일로 트집을 잡아 물고 늘어지지 않는 날이 더러 있었고, 혀가 구부러지지 않는 날도 있었다. 하지만 근본적으로 달라졌다고 믿을 수는 없었다. 남편은 스스로 많은 것을 자제하고 있다는 얼굴이었지만 여전히 술에서 입을 떼지 못하고 있었고, 그녀의 말이 거슬리다 싶으면 무관처럼 눈을 부릅떴다.

그날도 그녀는 남편의 귀가를 기다리며 부지런히 청소했다. 집안에 먼지가 있거나 조금이라도 어질러져 있으면 도대체 안정되지 않았다. 그래서 하루에도 몇 번씩 청소하고 세탁기를 늘 두 번씩 세 번씩 돌렸다.

남편이 술병을 들고 귀가한 것은 저녁 일곱 시쯤이었다. 전 같으면 그녀는 자신도 알아들을 수 없는 불평을 우물거렸을 테지만 이제는 아니었다. 서둘러 술상을 차려 남편 앞에 내놓았고 남편의 기분을 맞추기 위해 옆에 앉았다.

"자, 한 잔 드세요."

그녀는 남편의 유리잔에 술을 따라주었다. 남편은 한 잔 입에 탁 털어

넣더니 갑자기 그녀의 손에 들린 술병을 낚아챘다. 그녀는 뭔가 심상치 않다고 느끼며 몸을 움츠렸다. 이런 날은 특별히 남편의 신경을 거슬리는 행동을 해서는 안 되었다. 아니나 다를까. 남편은 연거푸 몇 잔을 마시더니 불쑥 이런 말을 던지는 것이 아닌가.

"네 엄마는 날 제대로 사위 대접해준 적이 없어."

순간 그녀는 남편의 눈에 불이 번쩍하고 켜지는 것을 보았다. 그녀는 자신도 모르게 입술을 파르르 떨었다. 그것이 언제 적 얘긴데 지금껏 심장에 담아 두었단 말인가. 그러는 당신은 어떻게 했지? 당신이 승진해서 어머니 아버지가 찾아왔던 날 동료들과 어울려 술 마신답시고 인사만 삐쭉하고 그 후론 코빼기도 보이지 않았어. 그 다음 날 말도 없이 출근해 버리고.

"당신이 처가에 원하는 게 뭐예요?"

"몰라서 물어? 다른 집 처가에서 어떻게 하는지 눈이 있으면 봐."

그녀는 이 점을 늘 이해할 수 없었다. 친정 일이나 식구를 대하는 것과는 전혀 딴판으로 핏줄에 대해서 남편은 지극했다. 술에 취하기만 하면 본가나 동생의 집에 전화를 걸어 장남 노릇을 못해 죄송하다고 말해왔다. 그리고 이들에게 좋지 않은 일이 일어나면 자신의 잘못인 양 괴로워했다.

"나팔을 불면 뭔가 소리가 나야 할 거 아니야?"

당신은 내 대답이 듣고 싶은 모양이지만 난 싫어. 배배 꼬인 당신의 핏줄을, 당신의 사소한 질투심에 대해 말하고 싶지 않아. 그녀는 이렇게 생각했다.

"……."

"내 말이 사람 말 같지 않아?"

남편의 인상이 험악해졌다.

"알았어요, 알았으니까 그만두세요."

"아주 목소리가 크네. 그래 엉겨 붙겠다는 말인데."

벌겋게 달아오른 남편의 눈은 과연 주술사의 것을 닮고 있었다. 마치 살아 있는 생명체는 모조리 녹여 없앨 것 같은 눈이었다. 그녀는 어서 이 자리를 피하고 싶었다. 얼굴에 검은 칠을 한 주술사가 금방이라도 선홍색으로 달아오른 부젓가락으로 국화꽃잎을 돋을새김할까 두려워서였다. 문득 남편 회사 부하직원의 얼굴이 떠올랐다. 그 직원은 남편이 얼마나 좋은 사람인지 모른다고, 그래서 사모님은 얼마나 행복하냐고 물었었다. 그녀는 지금 그 직원에게 이렇게 말하고 싶어졌다. 그래, 난 정말 행복해!

"그런데 어제 오후에 어떤 놈을 만나러 간 거야?"

순간 주술사의 주문에 걸려 옴짝달싹 할 수 없는 나신의 제물이 눈앞에 나타났다. 이제 어쩐다지? 남편은 잠시 집을 비운 것을 두고 억지를 써 보는 것이 분명했다. 그때라면 잠시 앞집 아줌마와 층계참에 서서 수다를 떨었을 때인데. 하지만 남편에게 변명이란 통하지 않았다. 그가 전화를 걸면 세 번 벨이 울리기 전에 받아야 했다. 입을 열지 않자, 남편이 그녀의 머리를 주먹으로 툭 쳤다. 그녀의 머릿속에서 나팔이 뿌우, 하고 울었다.

사실 그녀는 아내나 며느리로서만 살아갈 수 없었다. 미장원이나 목욕탕에 가서 어떤 부부가 고래고래 고함을 지르며 밤새 싸웠는지, 어느 집 앞에 주정뱅이가 앉았었는지 알고 싶었다.

그녀는 입을 열지 않았다. 말해봐야 소용없어. 조금 더 큰 나팔소리가 났다. 순간 눈물이 핑 돌며 그녀는 문득 자신의 머리칼을 잘라버리고 싶다는 생각을 했다. 그것이 어쩐지 자신을 옭아매고 있다는 느낌이 들어서였다.

"넌 이러는 내가 싫지? 넌 나 같은 남자에게 만족할 수 없을 거야."

그래서 내가 다른 남자를 만나고 있다는 말인가, 그녀는 기가 막혔다. 남편으로 말하자면 그녀의 몸 어느 부분이 자극에 민감하고 둔한지 정확하게 알고 있었다. 그리고 약간 톤을 높이기 위해서는 어떻게 연주해야 하는지도 알고 있었다. 그렇지만 그것이 무슨 소용이랴 싶었다. 그는 새로 태어나는 듯한 기쁨을 나누어주는 대신 불안과 공포만 주었다.

남편이 누군가의 목소리를 들은 것은 이때였다. 그녀는 남편의 손을 따라 자신도 모르게 나팔 속에 잔뜩 공기를 불어넣고 있었다.

"어, 누구지?"

남편이 들어 올렸던 팔을 내리며 중얼거렸다. 그녀는 잠자코 있었다. 그가 어떤 노래를 들었든 그것이 나와 무슨 상관이랴 싶어서였다. 그래서 위에서처럼 퉁명스러운 말로 은근히 반란을 꾀했다.

한바탕 소란을 피운 후 남편은 자리에 누웠다. 잠시 후 드르렁거리는 소리가 방안을 울렸다. 그때서야 그녀는 연주자의 얼굴을 자세히 살펴볼 수 있었다. 삶이 지운 그늘이라고는 없는 이 얼굴이 어떻게 순식간에 주술사로 바뀔 수 있을까.

그때 어딘가에서 훅하고 불이 붙는 소리가 들렸다. 그래, 지금이야. 그녀는 문득 무엇이 생각난 듯 눈을 크게 떴다. 그녀는 싱크대 앞으로 걸어가 가스 레인지를 켜고 남편의 전유물이었던 부젓가락을 찾아냈다.

이 봐, 어쩌자는 거야, 라고 누군가 말하는 듯도 했지만 그녀는 울림을 무시하기로 했다. 그것이 조상의 언어이든 부모나 친구의 속삭임이든 그 순간만큼은 듣고 싶은 생각이 없었다. 남편과 살아오면서 한 번도 내면의 욕구에 응해본 적이 없었기 때문에 그녀의 응어리는 한없이 커져서 도시 전체를 때려 부술 힘을 가지고 있었다.

그녀는 잠자는 주술사에게 기회를 줄까도 생각했다. 한순간에 그로부터 세상을 빼앗는 것은 어쩐지 잔혹하게 여겨졌던 것이다. 하지만 주술사가 갑자기 눈을 뜬다면 어쩌지, 제물이 되어 그의 칼을 기다려야 하는데. 이 생각 때문에 그녀의 호흡이 가빠졌다. 이제 주술사가 휘두르는 채찍에 맞고 싶지 않아. 제물이 되어 주술사 앞에 누워 내려오는 칼을 맞고 싶지도 않아.

쇠꼬챙이가 선홍색으로 달아오르자, 그녀는 그것을 손에 들었다. 코끝으로 열기가 확 끼쳐왔다. 지금 이 순간 당신의 눈을 멀게 하지 못한다면 나는 영원히 자유로울 수 없어. 당신의 눈은 항상 내 뒤를 쫓을 것이고 나는 잠시도 몸을 숨길 곳이 없을 거야… 과거에는 당신이 내 눈을 멀게 했지만 이제는 내가 당신의 눈을 멀게 할 차례야.

부젓가락에 꽂힌 두 개의 눈알을 상상하며 그녀는 코를 드르렁거리는 남편에게 바짝 다가섰다. 그녀는 한쪽 무릎을 바닥에 대고 부젓가락 끝이 눈꺼풀 위에 오도록 맞추었다. 그때였다. 규칙적으로 코를 드르렁거리던 남편이 곧 숨이 넘어갈 것처럼 몇 번 꼴깍거리더니 아예 숨을 쉬지 않았다. 흠칫 놀란 그녀는 뒤로 물러났다. 절정을 구가하던 고대도시도 이런 정적과 함께 사라졌을 거야.

남편은 오랫동안 숨을 쉬지 않았다. 스스로 죽은 것이 아닐까. 그렇다면 이런 수고를 할 필요가 없지. 얼마나 지났을까. 갑자기 남편이 푸우, 하고 숨을 세차게 내뱉었다. 이번에는 그녀가 깜짝 놀라 숨을 멈추었다.

얼마 후 그녀는 싸늘하게 식어버린 쇠꼬챙이를 가만히 내려다보고 있었다.

어쩌다가 이렇게 먼 곳까지 오게 된 것일까. 갖가지 질곡으로 둘러싸인 이 곳은 내 고향이 아니야. 그곳에는 복숭아꽃이 활짝 피어 있고 안개가 수시로 피어올랐어. 은백색 날개를 등에 단 선녀들의 웃음소리도 있었고. 그렇다, 나도 그들 중의 하나였던 것이다. 그런데 어쩌다가 이런 곳에 주저앉게 되었을까. 날개를 잃어버렸기 때문일까… 아, 날개만 있으면. 날개만 돋아나면 당장에라도 고향을 향해 날아갈 수 있을 텐데.

“그래, 어디로든 가는 거야.”

이 말이 입 밖으로 나오기 전까지 그녀는 자신이 무엇을 원하는지 모르고 있었다. 언어의 힘이란 이런 것이다! 그녀는 안방과 거실을 막고 있는 문의 손잡이를 잡으려다 말고 옆은 전구에 의해 형체를 드러낸 손때 묻은 사물들(남편이 집어던져 귀퉁이가 날아가거나 부서진 물건도 있었다.)과 남편을 보았다. 둘 중 어느 것이 더 그녀에게 애착을 느끼게 하는지는 두말할 필요는 없었다. 그녀에게 남편을 어떻게 만났는가, 얼마나 뜨거운 사랑을 했는가는 이제 조금도 소중하지 않았다. 꽃병이나 다리미가, 텔레비전이 인간을 몸서리치게 하지는 않는다.

아파트 입구를 빠져나오자, 상쾌한 밤 공기가 그녀의 볼을 스쳤다. 그런 다음 요란한 말발굽 소리를 내며 야생마가 빠르게 그녀 곁을 지나쳤고, 바람을 가득 안은 범선이 지나갔다. 그리고 색동옷을 입은 풍선이 하늘을 향해 올라가는 것이 보였다.

어느 것도 그녀가 혼자 있는 것을 방해하지 않았다.

공기는 멈출 듯이 아주 천천히 움직이고 있었고 음악은 파문을 일으키지 않을 만큼 가느다랗게 흐르고 있었다. 전화벨 소리가, 초인종 소리가 그녀를 놀라게 하지도 않았다. 그녀는 스스로 고립을 원했기 때문에 어느 것도 울리지 않게 해 두었다.

바느질거리를 얻기 위해 잠시 외출할 때 그녀는 다소 불안함을 느꼈다. 남편이 결코 자신을 포기하지 않으리라는 것을 알고 있었기 때문이다. 하지만 일단 집에 들어오면 그럴 염려는 없었다. 과거처럼 누구의 방해도 받지 않았다. 열심히 만든 음식을 먹고 나서 불평하거나 사소한 것으로 시비를 거는 사람은 없었다. 또한 밤새 알아듣지 못할 말로 그녀를 붙들어두거나 꽃잎을 새기는 남편도 없었다.

어쨌든 그녀는 남편으로부터 놓여난 이후 말할 수 없는 해방감을 느끼고 있었다. 지금껏 왜 혼자되는 것을 두려워했는지 이해할 수 없을 정도였다.

그런데 채 한 달이 되기도 전에 남편이 집 안 곳곳에 놓이기 시작했다. 화장대 앞에 앉았을 때 거울 속에 나타난 주술사의 검은 얼굴을 보자 그녀는 기겁하고 비명을 질렀다. 옷을 입으려고 했을 때 하얀 꽃잎이 돋은 부위를 툭툭 건드렸다. 그래서 은밀한 곳을 보면 주술사의 검은 손가락이 그곳에 있었다. 그뿐이 아니었다. 부엌칼을 들었을 때 보이지 않는 힘이 작용해서 그때마다 그녀는 손을 베었다.

어느 날인가 남편은 꿈에 모습을 드러냈다.

"나는 너를 죽이고 싶도록 사랑한단 말이야."

그 사이에 십 년은 더 늙어버린 듯한 남편은 보기에도 애처로웠다. 남편도 어찌 보면 희생자야. 그도 태어나는 순간부터 바라는 대로 삶을 살 여지가 남아있지 않았어. 이런 생각이 들었지만 그를 만나고 싶은 생각은 없었다.

"이제 당신과 함께 살고 싶지 않아!"

그녀는 분명 이렇게 외쳤다. 그동안 그녀는 남편의 표정이 일그러질까 두려워 감히 이런 태도를 취해본 적이 없다.

"네가 다른 사람에게 갈 수 있을 것 같아?"

"왜 나라고 다른 사람을 사랑할 수 없을 줄 알아?"

"넌 아직도 나를 모르는군. 넌 내게서 도망치지 못해."

"무슨 헛소리를 하는 거야?"

"네 겨드랑이를 보라고. 그게 내 사랑의 징표야."

그녀는 거울 앞으로 달려가 팔을 쳐들었다. 그런데 이게 웬일인가. 은밀한 곳에 있었던 하얀 국화 꽃잎이 그녀를 향해 떨리고 있었다.

"귀신이 돼서라도 복수할 거야."

"그럴까? 난 귀신과 더불어 살고 있어. 그래서 어떤 녀석이 내게 욕을 하는지, 어떤 놈이 너를 탐내는지도 알고 있지."

이와 같은 꿈은 거의 매일 밤 계속되었다.

도망치다가 남편에게 잡히는 꿈에서 깨면 그녀의 목덜미는 땀에 젖어 있었다. 그리고 주술사가 내리치는 칼에 맞아 사방으로 피가 튀겼을 때는 비명을 지르며 꿈에서 깨어났다. 하지만 눈을 뜨면 더욱 큰 고통이 기다리고 있었다. 더께가 낀 유리창으로 들어온 흐릿한 불빛 속으로 남편이나 낯선 남자들의 거대한 그림자가 어른거렸다. 그러면 그녀는 그들이 방으로 뛰어 들어올까 두려워 날이 샐 때까지 얼굴을 무릎 속에 파묻고 울먹여야 했다.

다시 남편에게 돌아갈까, 그녀는 몇 번이나 생각했다. 남편에게 돌아간다면 모든 것을 원래대로 되돌릴 수 있었다. 그가 천성이 나쁜 사람이라고 생각해본 적은 없었다. 단지 어쩔 수 없는 이유 때문에 주술사의 얼굴을 뒤집어쓰고 있는 것이 틀림없었다. 그리고 이 도시에서 남편 없이 여자 혼자 살아간다는 것은 말처럼 쉬운 일이 아니었다. 보이지 않는 제약이 곳곳에 도사리고 있었고, 그녀가 혼자 살고 있다는 것을 눈치챈 이웃집 남자들은 말을 걸 기회만 노리고 있었다.

그러던 어느 날이었다. 문득 그녀는 허공을 향해 말을 던져 보았다. 그러자 몇 마디의 웅얼거리는 듯한 대답이 들려왔다. 여태 들어본 적이 없는 이상한 목소리였다. 마치 산짐승의 울음소리 같기도, 나무들의 마찰음 같기도 했다. 이상야릇하다고 생각했지만 그녀는 그 놀음을 그만둘 수 없었다. 그녀는 바느질에 몰두하다가 심심해지면 허공을 향해 점점 많은 물음을 던졌다. 그러면서 메아리가 차츰 친숙하게, 어쩌면 자신의 것과 비슷해지는 것을 알 수 있었다.

- 여태 나는 혼자 살 수 있다고 생각한 적이 없었어. 왜 그랬을까?

- 넌 남편 없이 훌륭하게 살 수 있다는 생각을 해 본 적이 없어. 너는 흔한 말처럼 나무는 보고 숲은 보지 못했기 때문이지. 넌 남편의 멀쩡한 사지만 보았지 남편의 내면이나 남편을 둘러싸고 있던 가시 울타리나 주술사의 가면은 보지 못했던 거야…….

- 그런데 왜 지금껏 그것들을 몰랐던 것일까?

- 자라면서 넌 여자란 예뻐야 하고 뭐든 참아야 한다고 배웠지. 그리

고 남자에게 무엇을 요구할 필요도 없다고 배웠지. 남자란 뱀처럼 지혜로워 여자가 무엇을 필요로 하는지 금방 알아차릴 수 있다고 다들 말했으니까. 그래서 넌 지금껏 이 소리를 잊고 바보처럼 견디기만 했어.

- 참고 견디기만 했다고?

- 그래, 그것이 네 운명인 것처럼. 그래서 넌 자신의 목소리와 어머니의 목소리를 구분하지 못하는 남편을 받아주기만 했어. 하지만 그래서는 안 되는 거였어. 네가 자유롭게 살고 싶다면, 날고 싶다면 이 소리에 귀를 기울여야 하는 거야……. (끝)

비눈기과 가는 길

비뇨기과 가는 길

벌써 한 시간 동안 카오스 병원 주위를 돌고 있다. 사람들이 모여 있는 버스 정류장을 지나 백암탕을 향해 걸어 올라갔다. 이번에는 꼭 병원으로 들어가자. 조금도 부끄러운 일이 아니다. 몇 번이나 속으로 되뇐다. 사잇길을 지나 로터리를 향해 올라가는 동안 전화기를 통해 들었던 의사의 목소리가 감겨왔다. 다시 예전으로 돌아가실 수 있습니다. 그럼요. 얼마든지요. 그것은 내게 갖가지 환상을 불러일으켰다. 아내는 4년 전 고혈압과 중풍이 겹쳐 죽었다. 그때까지 나는 그녀를 살리기 위해 온갖 정성을 아끼지 않았다. 아내는 죽기 전에 몇 번이나 내게 물었다. 당신 나 죽으면 딴 여자와 결혼하지 않을 거죠. 내게 약속해 줘요. 아니 마음은 그렇지 않아도 그렇다고 말해줘요.

아내에게 미안하지만 나는 새로운 생활을 시작하고 싶다. 나는 고작 57세이다. 예전 같으면 모든 일에서 은퇴하고 죽음을 기다릴 나이지만 의술의 발달은 놀랄 만큼 인간의 수명을 늘려놓았다. 얼마 전 텔레비전 뉴스에서는 불로장생약의 단초를 발견했다는 보도도 있었다. 중요한 것은, 지금 이 순간, 내가 숨을 쉬고 욕구를 느끼는 매 시간이다. 목사님이 말하는 천국이 아니다. - 어떻게 삶이 예비과정이 될 수 있을까.

로터리를 빙 돌아 다시 카오스 비뇨기과 병원 입구에 섰다. 고개를 푹 숙이고 계단을 오르기 시작했다. 병원은 3층에 있다. 바닥에는 검게 변한 껌이 사람 발에 밟히고 있다. 나도 검게 변한 껌을 힘껏 밟고 지나갔다. 위에서 내려오던 소년이 힐끔 나를 보는 것 같다. 늙은이가 주책없다고 할 것이다. 아무려면 어때. 너희들은 우리에게 말하지, 어른들은 애들을 잘 이해하지 못한다고 말이야. 하지만 너희들도 마찬가지야. 너희들도 우리처럼 나이 든 사람을 이해 못해. 그렇다고 내가 너희들처럼 거짓말을 하고 반항을 하는 것은 아니야. 나는 지금 지극히 온당한 방법으로 혼돈을 벗어나려는 것뿐이야.

하나밖에 없는 아들. 물론 그 녀석은 다른 애들과는 다르다. 누구보다도 내 고충을 잘 알고 날 도우려 하고 있다.

가까스로 병원 문을 열고 안으로 들어가자, 문에 매달아 놓은 작은 금종이 내 미래를 열어젖뜨렸다. 그래 새로운 삶을 시작해 보는 거야.

데스크 너머에서 삼십 대 초반의 간호사가 입가에 미소를 지으며 내 발걸음을 주시하고 있다. 그녀를 보자, 걸음이 느려지고 조금 전에 찾아왔던 희망이 뒷걸음질을 쳤다. 그녀는 내가 불구라는 것, 혼자되었다는 것을 알까. 아마 알고 있을 거야.

이런 병원에 왜 여자 간호사들만 있는지 알 수 없다. 남자들이 할 수 없는 일도 아닌데 말이다. 세상을 너무 남자, 여자 구분 짓는 것은 현명한 짓이 아니다. 그 이분법이 나 같은 사람을 오래도록 불구로 남게 하는 것이다.

"어떻게 오셨습니까?"

짐작대로 간호사는 전혀 상냥하지 않다. 허스키한 것이 중성으로 느껴진다. 절 여자로 생각할 필요는 없어요, 라고 속삭이는 것도 같다.

"의사 선생님 상담을 좀 받으려구요."

"아, 그러세요. 의료보험 카드 주시구요."

간호사는 카드를 받아 들자, 고개를 아래로 떨구었다. 아니 내게 꼬치꼬치 묻다가는 얻어맞을 수 있다는 것을 알기 때문일 것이다.

대기석에는 열 명도 넘는 사람이 대기하고 있다. 나는 창 쪽 갈색 소파에 엉덩이를 걸쳐놓았다. 옆에 앉은 삼십 대의 남자는 신문을 펴들고 있다. 그래서 어떤 상판을 하고 있는지 살필 수가 없다. 젊은 놈이 왜 저러지. 난 적어도 네 나이 때는 그러지 않았어. 정말 힘이 좋았어. 펄펄 날아다녔으니까.

그러나 그는 나보다 더 고통스러울 것이다.

죽은 아내의 얼굴이 떠오른다. 갸름한 선에 하얀 피부, 부드럽고 검은 머리칼, 정맥이 드러나는 연한 손등. 아내는 함께 출장을 갈 정도로 날 사랑했다. 아니 잠시도 날 유혹의 연못가에 놔두고 싶지 않아 했다. 아내 뒤에 살아있던 배경들이 떠오른다. 동명장, 도화여관, 남포동 여관. 더불어 붉은 네온, 거울, 하얀 시트, 도시의 야경. 다시 옛날로 돌아갈 수 있다면 얼마나 좋을까.

병든 아내를 살리기 위해 그때까지 모아 둔 돈을 거의 다 탕진했다. 그런데도 아내는 죽었고, 아파트까지 처분하고 현재의 집으로 이사 왔다. 나는 이제 너무 늙었는지 모른다. 검은 통에 가두어 두면 흰 머리카락은 금세 뱀처럼 머리를 쳐들고 뚫고 나오고. 피부는 시든 사과처럼 쭈글쭈글해지고. 다른 사람은 다 아는데 나만 모르는 것일까.

여성잡지를 높이 들어 얼굴을 가렸다. 그래야만 간호사 눈길을 피할 수 있을 것 같다. 여자들은 이런 순간 어떻게 행동할까. 더 수줍어할 것이라고 사람들은 생각하겠지만 그렇지는 않을 거야. 모르겠어. 어쩌면 여자들은 성적인 부분을 약간 무시하고 살 수 있는 존재일지도 몰라. 그들은 수동적으로 길들었으니까. 아니, 모르겠어. 내가 어떻게 여자의 그 섬세함을 말할 수 있겠어. 그리고 지금 중요한 것은 그게 아니야. 인슐린을 맞아야 하는 당뇨병 환자가 어떻게 하면 결혼을 할 수 있느냐는 거지.

결혼상담소를 통해 만난 여자의 두루뭉술한 얼굴이 떠올랐다. 루비 반지를 낀 왼손을 앞으로 나오게 모아 쥔. 그녀에게 순수 같은 건 남아있지 않았다. 그녀가 나빠서가 아니라 그 나이에 순수란 어울리지 않았다. 물론 내게도 순수 따위는 남아 있지 않다. 불같은 욕정은 남아 있어도. 그녀는 조금도 거리낌 없이 내 재산 상태를 물었다. 난 정말 가진 것이 없었다. 겨우 아들 대학등록금을 마련할 뿐이었다. 그때 난 천진하게 시구를 외고 있었다. 전 농부요. 함께 뽕을 따러 가면 안 될까요?

결혼이라니, 누가 들어도 당치 않는 소리다. 내 몸은 오래전에 내 제어를 벗어나 버렸다. 그럼에도 불구하고 혼자가 될 때면 독을 그리워하는 독사처럼 혓바닥 아래 침이 고인다. 난 그 무서운 것을 피해갈 수 없다.

"그럼 이 나이에 결혼하면서 집도 없는 사람과 결혼할 수는 없잖아요?"

그녀의 말은 지당했다. 이제 막 시작하는 신혼부부처럼 단칸방에서 수

좁은 미소를 교환할 수는 없는 일이다.

일단 수술을 하고, 그다음에 선을 보는 거야. 의사도 분명 그렇게 말했어. 보형 수술을 하면 됩니다, 라고.

문 쪽 소파에는 부부가 나란히 앉아 있다. 난 그들에 대해 알고 있다. 집 앞에 있는 달리 약국 주인 말에 의하면 여자 쪽은 조금도 개의치 않는다고 했다. 그녀는 첼리스트였다. 그녀는 자기 일을 가지고 있어서 성생활을 하지 못한다고 해서 결핍을 느끼지는 않는다고 했다. 그렇지만 남자는 견딜 수 없어 했다.

남자들이란 정말 가엾다. 물론 나도 그런 족속에 속하는 동물임이 분명하지만. 어떻게 누구에 의해 머릿속에 심어진 것인지 알 수 없지만, 남자들은 열에 아홉, 상대를 성적으로 즐겁게 해주어야 한다는 압박감을 느낀다고 했다. 아니 그러면 그 쾌락을 아무런 대가 없이 얻으려고 했어, 누군가 내게 말하는 것 같다.

"서재후씨, 들어오세요."

간호사의 입을 통해 내 이름이 볼썽사납게 불린다. 이름이 더러워진 기분이 든다. 나는 서둘러 자리에서 일어나 진료실을 향해 걸어갔다. 의사는 책상 앞에 앉아 내가 걸어오는 것을 자세히 보고 있다.

"자, 앉으세요."

"안녕하세요?"

"어디가 안 좋으십니까?"

말하기 어색하지만 남자끼리니 어떠랴 싶어 자세한 몸 사정을 털어놓는다.

"전화를 한 번 했었는데요."

"아, 어제 오후에 전화하신 분이군요."

"네, 보형수술이라는 것을 하면 된다고 하셨는데."

의사는 내게 몇 가지 질문을 하고 한참 동안 당뇨와 인체에 대한 관계를 설명했다. 목욕탕에 갈 때마다 느끼는 것이지만 인간은 모두 똑같다. 경중의 차이는 있지만 비슷한 욕구에 시달리고 있다는 점에서 그렇다. 나처럼 말을 듣지 않는 몸을 가졌거나 중풍으로 반신불수가 되었을지라도.

"부인과 같이 오시지 그랬습니까?"

"아내는 4년 전에 죽었어요. 아직 죽을 나이도 아니었는데."

"그랬군요. 혼자 사느라 힘드셨겠군요?"

나는 굳이 의사의 말에 대답하지 않는다. 이런 말들은 대개 체면치레로 하는 말들이다.

"정말 수술을 하면 괜찮을까요?"

"예, 옛날 같지는 않겠지만 지장은 없을 겁니다."

"언제 수술을 할 수 있죠?"

"혈당이 200 정도가 되어야 상처가 아뭅니다. 그러니까 수술 문제는 혈당 문제가 해결되고 난 후에나 가능하겠습니다."

의사의 말을 믿지 않을 수 없다. 인생에서 느낄 수 있는 기쁨 한 가지를 잊은 채 살아가고 싶지 않다. 성욕이란 얼마나 무서운 쾌락인가. 나는 더럽고 야비한 욕구를 가진 인간이고. 다시 아내의 얼굴이 떠오른다. 분명 아내는 추한 내 꼴을 보며 견딜 수 없는 눈빛을 하고 있을 것이다. 아니, 나를 끌고 이혼법정으로 가고 싶어질지 모른다. 당신이 그런 사람인 줄 정말 몰랐어, 라고 고함을 지르며.

불현듯 신혼 때의 수줍어하던 아내의 모습이 되살아난다. 한 줄 구김 없고, 풋풋하고 싱싱했던 새색시. 그런 여자가 또 이 세상에 남아 있을까. 죽을 때는 한날한시에 죽기로 해요. 신혼 초 나와 아내는 이렇게 맹세했다.

이후 나는 아내가 죽기 전까지 함께 살고 늙고 죽을 것을 의심하지 않았다.

"아버지도 재혼하셔야죠?"

내가 먼저 아들에게 결혼 말을 꺼낸 적은 없었다. 어느 날 밤 녀석이 먼저 재혼이라는 단어를 언급했다.

"재혼은 무슨? 내가 살면 얼마나 더 산다고? 그리고 네 어머니 죽은 지도 얼마 안 됐는데."

"벌써 3년이나 지났어요. 어머니가 이 궁상을 봤으면 아마 결혼하라고 하실 거예요."

그렇지 않을 거야, 네 엄마는 내가 죽는 날까지 혼자 살기를 바랄 거야, 그때 나는 이런 생각을 했다.

하나밖에 없는 아들은 1년 전 기숙사로 들어갔다. 녀석이 있을 때만 해도 이렇게 쓸쓸하고 외롭지는 않았는데. 갑자기 명치 부근에 공허감이 느껴졌다. 아니 숨이 막혀오는 것 같다. 안 돼. 나는 서둘렀다. 잡채를 넣은 돼지고기 보쌈을 가스레인지 위에 올려놓았다. 김이 오르자, 자리에 앉아 허겁지겁 먹기 시작했다. 먹을 것이 들어가자, 겨우 숨통이 트였다.

이후 오랫동안 텔레비전 앞에 앉아 있었다. 뉴스, 증권, 날씨… 자연이

나 인간의 의식은 전혀 변하지 않는데 매일매일 이것들만이 바삐 움직이는 것 같다.

다음 날이다. 새벽 5시경에 일어나 운동복을 입었다. 마당에 서서 맨손 체조를 했다. 팔다리 운동, 목운동, 가슴운동, 허리 운동… 하나 둘, 하나 둘, 고함을 질렀다. 내 고함은 어둠을 뚫고 어디론가 멀리 날아갔다. 체조를 끝내자, 시민공원을 향해 2킬로미터 구간을 달렸다. 어둠 속에는 검은 나무들이 내가 맞닥뜨렸던 인생의 장애물처럼 서 있다. 실연, 입시실패, 첫 아이 유산, 정리해고, 그리고 마지막으로 아내의 죽음. 그런데 아직 희망이 있던 젊을 때처럼 앞날이 궁금해진다. 과연 이 나무들을 헤치고 지나갈 수 있을까.

곧 두 다리를 힘차게 뻗은 평행봉이 내 앞에 모습을 드러냈다. 나는 평행봉 위로 뛰어올라 마음껏 몸을 흔들어댔다. 한결 기분이 나아진다.

공원 안에 이르자, 운동복 차림의 시민들이 눈에 들어온다. 대개 나이 든 사람들인데, 젊은 사람도 끼어있다. 1년 전에 알게 된 우 영감 내외는 사이좋게 배드민턴을 하고 있다.

다음 날부터 나는 수술 시기를 앞당기기 위해 운동의 강도를 높였다. 팔굽혀펴기도 추가했다. 혈당이 200으로 떨어지는 날은 머지않아 올 것이다. (끝)

골리앗

골리앗

누군가 몸을 흔들고 있다는 느낌에 눈을 떴다. 형광등 불빛이 눈에 부셨다. 나는 다시 눈을 감았다. 사람들이 부산히 움직이는 소리. 낮게 웅얼거리는 소리. 뒤이어 P의 목소리가 들려왔다.

"정수경 님, 출동입니다."

눈을 뜨고 시계를 보았다. 둥근 원판 위에 놓인 두 개의 바늘이 자신의 움직임을 들키지 않으려고 숨을 죽인 채 오전 4시를 가리키고 있었다. 어제 잠들기 전 소대 무전이 한 말이 떠올랐다. 새벽에 출동이 있을지 모릅니다—.

잠시 후 31중대 버스는 어둠 속을 달리기 시작했다. 달리는 버스 안에서 대원들은 좌석에 부딪히거나 넘어지며 방석복을 입기 시작했다. 이윽고 버스가 D중공업 정문에서 멀지 않은 곳에 도착했다.

"하차! 하차!!"

버스에서 내린 대원들의 복장은 완벽했다. 다리에 각반을 차고 허리에 혁대에 경찰봉을 꽂고 있었다. 나는 방패조를 따라 정문을 향해 걸어갔다.

"하나, 둘! 하나 둘!"

곧이어 중공업 정문이 모습을 드러냈다. 켤 수 있는 모든 불이 켜지고 노동자의 횃불까지 가세한 그곳은 화재가 나거나 잔치를 벌이는 부잣집 같았다. 노동자와 전경을 가로막고 있는 철골 바리케이드만 없다면 정말 그랬다.

내가 속한 중대는 맨 오른쪽에 자리를 잡았다.

대열을 정비하기 무섭게 작전이 개시되었다. 중장비 한 대가 나타나 철골 바리케이드를 걷어내기 시작했고 가스차와 사수들은 이를 방해하려는 노동자들을 향해 가스탄을 쏘아댔다. 입김 때문에 내가 쓴 방독면의 유리가 뿌옇게 흐려졌다. 그러자 눈앞에서 벌어지고 있는 일들이 현실이 아니라 여전히 꿈을 꾸고 있는 것처럼 여겨졌다. 그때 얼핏 옆에 있는 P의 눈이 두려움에 떨고 있는 것을 보았다. 상황에 투입되었던 최초의 얼마간, 나도 그랬다. 대치하고 있는 학생들의 붉은 머리띠만 보아도 몸이 부들부들 떨렸었다.

노동자들은 의외로 쉽게 물러나고 있었다. 작전을 개시한 지 채 오 분도 되지 않아 전경들은 정문을 돌파했다. 노동자들은 중공업 안으로 달아나기 시작했다. 그들을 쫓아가면서 나는 노동자들이 쓰던 천막에 불이 붙은 것을 발견했다. 누가 지른 것일까. 노동자들일까. 아니면 가스탄에 맞은 것일까. 나는 그것이 궁금했지만 누구에게 물을 상황은 아니었다.

넓은 도로를 따라 도망치던 노동자들은 세 갈래 길이 나타나자, 추격을 따돌리기 위해 제각기 흩어졌다.

"19중대 왼쪽, 20중대 가운데, 31중대 오른쪽!"

지휘관의 명령에 따라 내가 속한 31중대는 오른쪽으로 달아나는 노동자들의 뒤를 쫓았다. 사복 전경들이 앞서서 먼저 달려가고 뒤를 이어 봉을 빼 든 전경들이 따랐다. 철골 구조물이 노변에 쌓인 도로가 나타났다. 바다를 등지고 있던 노동자들로부터 무엇인가 휙휙 날아오기 시작했다.

"윽, 큭!"

전경들은 비명을 지르며 철골 구조물 뒤로 몸을 숨겼다. 그것은 돌이 아니었다. 작업장에서 사용하던 나사들로 방패를 뚫고 방석복에 파고들었다. 31중대의 추격은 일단 중단되었다. 세 개의 나사 뭉치를 맞은 나도 철 구조물 뒤로 숨었다. 복부나 가슴에 통증이 느껴졌지만 상처가 생길 정도는 아닌 것 같았다.

내가 구조물 밖으로 고개를 내밀자, 중대 문전의 목소리가 들렸다.

"앞으로!"

구조물 밖으로 나온 대원들은 노동자들을 뒤쫓기 시작했다. 노동자들은 더 이상 도망칠 곳이 없었다. 뒤는 바다였다.

"잡아라!"

노동자들은 양쪽 부두를 따라 달렸다. 31중대는 둘로 나누어졌고 나는 남쪽으로 가는 대열에 섞여들었다.

이윽고 31중대가 노동자들과 대치하게 된 곳은 골리앗이라고 불리는 크레인 앞이었다. 처음 본 골리앗은 거대하지만 약간 바보 같은 느낌을 주었다. 크레인에 대해 잘 알고 있었던 노동자들은 이미 크레인의 머리에 가 있었다. 대원들은 닭 쫓던 개처럼 멍청한 얼굴로 까마득한 위에서 오가는 노동자들을 보고 있었다.

"야, 이놈들아. 따라와 봐, 독재자의 개들아!"

노동자들의 야유를 견디다 못한 대원 몇 명이 골리앗의 기둥에 달린 사다리로 달려갔다. 그러나 골리앗이 개처럼 후두두 몸을 한 번 털자, 대원들은 어이쿠, 하는 비명을 지르며 바닥으로 굴러 떨어졌다. 그 순간 나는 골리앗에 대한 내 생각을 수정하지 않을 수 없었다. 그것은 다윗의 돌팔매에 나가떨어졌던 거인이 아니었다.

"야!!!"

화가 난 사수들이 골리앗의 머리를 향해 가스총을 발사했다. 검은 원통형의 가스탄들이 허공을 날아오르다가 포물선을 그리며 100여 미터 앞에 떨어지거나 사수의 얼굴을 향해 다시 떨어졌다. 그 때문에 대원들은 비명을 지르며 황급히 흩어졌다. 그때였다. 하늘에서 검은 꽃잎 같은 것들이 내려오기 시작했다. 그것은 아주 서서히 내려오는 것처럼, 그래서 아무런 위력도 없는 것처럼 보였지만 그것은 아니었다.

"대피, 대피!!"

대원 중 누군가가 고함을 질러댔지만 너무 늦어 있었다. 꽃잎이 아닌 쇳덩어리는 대원들의 몸에 닿자마자, 대원들의 방석모를 깨고 두개골을 부숴 버렸다. 또 어깨나 등을 뭉개버렸다. 내 머리에 앉은 것은 그중 작은 것이었지만 내 왼쪽 두개골도 무너졌다. 순간 얼굴 위로 피가 흘러내렸고 숨이 가빠졌다. 나는 의식을 잃어가기 시작했다. 나는 몽롱한 상태에서 이상한 동물들을 보았다.

H 성당으로 가는 길은 나도 잘 알고 있었다. 대원들과 함께 성당 근처를 순찰한 적도 있었고 며칠씩 부근의 공터에서 죽치고 있기도 했다.

나는 충무로역에서 내렸다. 출구를 향해 걸어가는 동안 우산을 든 행인이 지나갔다.

"비가 오는구나! 하긴 장마철이니까."

나는 지하철 입구에 서서 지상으로 내려서기 전에 잠시 뜸을 들였다. 막상 빗속으로 들어가려니 망설여졌다. 그러다 어린아이가 우산도 없이 걸어가는 것을 보고서야 결정을 내렸다. 나는 남쪽을 향해 걷기 시작했다. 빗줄기는 가늘었지만 냉기를 품고 있어서 살갗에 닿은 지 몇 초 후 수증기가 피어올랐다.

오 백여 미터를 걷자, 골목이 나타났다. 길을 따라 늘어져 있는 작은 가게들과 주택을 지나자 다시 큰 길이 나왔고, 오른쪽으로 돌자 가톨릭회관이 보였다. 저절로 안도의 한숨이 흘러나왔다. 빗줄기가 거세어지기 시작한 것은 이때부터였다. 가톨릭회관의 젊은 수녀에게 시국에 대해 상담을 할 수 있는 신부를 소개해달라고 말했을 때는 이미 비에 젖은 머리칼에서 물이 흘러내리고 있었다.

나는 수녀의 말대로 검거나 붉은 색이 두드러지는 중세식 돔 형태의 건물을 보면서 약간 경사진 길을 걸어 올라갔다. 빗줄기는 조금도 약해지지 않았다. 바닥에 깔린 하얀 대리석을 때리고 검은 구두와 바짓가랑이를 적셨다. 나는 차츰 몸이 떨리는 것을 느꼈고 이가 덕덕 소리를 내며 부딪치는 것을 알았다. 내가 과연 이런 일을 할 필요가 있을까. 지금이라도 돌아가려면 얼마든지 돌아갈 수도 있다. 내가 지금부터 하려는 일을 아는 사람은 아무도 없으니까. 기세가 꺾인 나는 참담한 기분이 되어 이런 생각을 했다. 사실 누구를 위한다는 생각을 해본 적은 없었다. 난 화가 나서 놈을 가만히 둘 수 없었다.

경사가 완만해지는 지점에 이르자, 대 미사장으로 보이는 중세건물을 배경으로 보도의 오른쪽에 서 있는 하얀 색 작은 건물이 나타났다. 수녀가 말한 건물이 틀림없었다. 가까이 가자, 건물의 윤곽이 뚜렷해졌다. 성당을 대표하는 그것과 달리 흰 타일이 외벽에 붙여져 조금도 칙칙함을 풍기지 않는 현대식 3층 건물이었다. 나는 현관에서 몇 명의 여자들을 만났지만 곧바로 계단을 통해 2층으로 올라갔다.

신부는 수녀의 말대로 여신도 무리를 상대로 강의 중이었다. 열린 문틈으로 강의실을 엿본 후 신부가 나올 때까지 기다리기로 했다. 나는 북쪽을 향해 나 있는 창으로 걸어갔다. 창문을 통해 드러나는 빗줄기는 더 이상 강해지지도 않았고 약해지지도 않았다. 방금 전 내가 통과해온 그 힘과 세기로 쏟아져 내려오고 있었다. 내가 머리의 물기를 털고 고개를 들었을 때였다. 한 마리 잿빛 비둘기가 앞을 통과해서 사람들이 나무에 매달아 놓은 하늘색 집으로 들어가는 것이 보였다. 그 후 한참 동안 비둘기는 입구를 향해 고개를 내밀지 않았다. 그러다가 내가 지쳐서 포기하려고 했을 때에야 모습을 드러냈다. 고개를 내민 비둘기는 내가 있는 쪽을 흘낏 보았고 놀란 표정으로 다시 쏙 들어가 버렸다.

여신도들이 아래층으로 내려가기를 기다렸다가 나는 신부에게 접근했다. 삼십 대 중반의 젊은 신부는 곱슬머리에 은테안경을 쓰고 있었다. 신부는 내게 몇 마디를 들은 후 심상치 않다고 여겨서인지 잠깐 밖으로 나가자고 했다. 1층 유리문을 나서기 전에 신부는 잠시만요, 라고 말하며 공중전화기를 가리켰다. 나는 그에게 내 모든 것을 맡긴 것은 아니었다. 도움을 주든 어쩌든 그것은 그의 자유였다. 나는 단지 내가 가고자 하는 길만을 갈 뿐이었다. 나는 유리문 쪽으로 걸어갔다. 이 층 창가에서 있을 때만 해도 내리던 비는 이미 그쳤고 바닥에 고인 물은 햇빛을 반사하고 있었다.

"무척 힘들고 어려운 결정을 내리셨군요. 지금 많이 떨리시죠?"

잠시 후 신부가 돌아왔다. 나는 신부의 위로를 받는 순간 다리의 힘이 쫙 빠지는 것을 느꼈지만 가까스로 몸을 지탱하고 대답했다.

"예, 약간."

"제가 그런 일을 잘 아는 분께 모셔다드리겠습니다. 그리고 나중에라도 어려운 일이 있으시면 저를 찾아오십시오."

신부의 태도는 할 수 있는 한 정중했고 어떻게든 나를 돕겠다는 뜻이 역력했다. 보도를 걷는 동안 그는 아무것도 묻지 않았고, 나도 가슴이 무거워져 입을 열 수 없었다. 이백여 미터를 걷자 왼편으로 울창한 나무들이 나타났다. 몇십 년 아니 몇백 년은 됨직한 호두나무와 삼나무 숲 사이로 오솔길이 흐르고 있었다.

여기 이런 숲이 있다니, 하고 놀라면서도 나는 정신이 흐트러지지 않도록 주의했다. 신부는 오솔길을 걸어가는 동안 말이 없더니 역시 하얀 건물 2층의 한 방에 이르자,

"바로 이곳입니다."

라고 말했다. 서재로 보이는 그 방의 주인은 작달막하고 검은 머리 속에 새치가 엿보이는 40대 후반의 남자로 책상에 앉아 무엇인가를 쓰고 있다가 자리에서 일어나 그들에게 다가왔다.

"바로 이 사람입니다."

젊은 신부의 소개에 주인은 내 손을 잡았다.

"자, 일단 자리에 앉아서 자네의 말을 들어보세."

주인의 말투는 부드러웠지만 목소리가 약간 쉬어서 거칠게 들렸다. 내가 소파에 앉자, 젊은 신부는 밖으로 나갔다. 나는 가슴에 있는 말을 할 용기가 없었기 때문에 미리 써 둔 편지를 잠바의 안주머니에서 꺼내 주인에게 내밀었다. 이 분의 입에서 무슨 말이 흘러나올까. 그리고 나는 앞으로 어느 곳에 있게 될까. 부대로 돌아가게 될까, 아니면 새로운 곳으로? 내가 이런 생각을 하고 있을 때 신부는 읽던 편지를 내려놓고 이마에 주름을 만들며 눈을 치켜떴다. 좀 더 과격한 언어를 쓸 걸 그랬나. 신부가 천천히 말하기 시작했다.

"자네가 어려운 결심을 했다는 것은 알지만, 내가 생각하기에는 시기가 적절치 않군. 지금이 6. 10 때나 6. 29 라면 문제는 좀 달라졌겠지만 몇 번을 생각해도 지금은 아니야. 자네 일생에나 우리 성당에나 아무 도움도 되지 않을 걸세. 자네는 아무래도 돌아가는 것이 낫겠어."

나는 고개를 푹 숙여서 먼지 하나 없는 바닥을 보았다. 시기라는 것, 그런 것은 그나마 좋았다. 내가 이 순간을 위해 학수고대하며 힘들게 살았다는 것, 그것도 그냥 묻을 수 있었다. 하지만 도저히 거역할 수 없도록 하는 어조라니… 내가 이곳까지 온 이유는 아주 단순했다. 독재자를 용서할 수 없는 내 양심을 드러내고 싶다는 것이었다. 나는 시기라는 것에 대해 생각한 적도 없고 이 거사가 성공할 것인가 그렇지 않을 것인가 생각해 본 적도 없었다.

그래, 난 잘못 생각한 거야. 이런 늙은 신부를 믿는 게 아니었어. 인간이란 다들 그런 거야. 신부라고 해서 뭐가 다르겠어. 그 사이 주인은 책꽂이에서 한 권의 책을 꺼냈다. 무슨 일을 하려는지 지켜보는 내 앞에서 주인은 서명하고 이렇게 썼다.

'용기와 희망을 잃지 않도록…'

정말 주인 놈은 으스대고 있었다. 이 자의 면상을 어떻게 후려치고 달아날 수는 없을까.

잠시 후 나는 숲을 빠져나와서 걷기 시작했다. 조금 전에 일어났던 일을 정리하려 했지만 혼란스러워 갈피를 잡을 수 없었다. 난 내 생각이 잘못되었다고는 여겨지지 않았다. 내가 구타를 피하려고 이 길을 택했다고 가정해도 그랬다. 걸어가는 동안 바닥에 고인 빗물이 텀벙거리며 내 생각을 방해했다. 몇십 킬로미터를 걷고 수십 개의 전철역을 지나친 후에도 마찬가지였다.

'첫 번째 거절이라니!'

나는 비참한 기분이 되었고 이제 어떻게 하면 되지, 하고 길거리에 앉은 거지에게 물어보고 싶은 심정이었다. 제기랄 될 대로 되라. 나는 원래 생각대로 밀고 나갈 거니까.

그때 전화기 모습이 둥실 떠올랐다. 그래, 신문사로 전화를 해보는 거야. 나는 허탕 칠 셈하고 도로변 공중전화에 동전을 집어넣었다. 저편에서 목소리가 들려왔다. 아직 내 입은 내가 막 양심선언을 하기 위해 움직이고 있다는 것을 쉽게 말하지 못했다. 그것을 발설하는 것에 곤혹감이 밀려왔다. 그런데도 말을 해야 한다는 것은 정말 고통스러운 일이었다.

"저는 전경입니다. 양심선언을 하고 싶습니다."

"사회부로 전화를 돌리겠습니다."

양심선언을 전담하는 곳이 따로 있단 말인가. 불평이 생겼지만 하는 수 없었다. 다시 사회부 기자에게 저는 전경입니다, 양심선언을 하고 싶습니다, 하고 말했다. 왜 내가 내 양심을 이렇게 힘들게 말해야 하는가. 다른 사람들은 잘들 지내고 있지 않은가. 그렇지만, 그건 아니다. 난 다른 사람처럼 살 수 없어!

거절을 당하리라는 예상과 달리 사회부 기자는 당장 나를 만나고 싶다고 말했다. 기자는 신문사로 찾아오는 길을 상세히 알려주었다. 전화를 끊자마자, 나는 전철역으로 달려갔다. 생긴 지 얼마 되지 않는 S 신문사는 규모가 작고 직원들도 많지 않았다. 그런데 신문사를 들어가려 했을 때 수위가 나를 제지했고 나는 또다시 양심선언을 하러 왔다고 말해야 했다. 순간적으로 화가 난 나는 당장 거리로 나가고 싶었지만 참기로 했다.

사무실로 들어가자, 사회부 팻말이 곧 눈에 들어왔다. 나는 조금 전에 통화했던 기자를 찾았다. 동양인답지 않게 코가 큰 기자는 동료 기자들과 함께 나를 환영해 주었다.

"어서, 와요! 저는 박영술입니다."

박 기자는 동양인답지 않게 코가 컸고 목소리가 굵었다. 그는 동료 기자들에게 나를 소개했고 용기 있는 사람이라고 추어주었다. 순간 우쭐해진 기분이 들었다. 이런 기분은 난생처음이었다. 나는 모처럼 인생의 의미 있는 한 발을 내디디고 있다는 생각이 들었다.

박 기자는 다음 날 조간신문에 내보낼 거라며 내게 여러 가지를 물었다.

"양심선언을 결심한 이유를 말해줄 수 있습니까?"

"음, 저는."

나는 독재자를 용서할 수 없는 마음이 들었다고 말하려다 약간 개인적인 감정인 것 같아 현장에서 만난 시민들의 증오에서 결심을 굳히게 되었다고 말했다. 그것은 사실이었다. 서울 시민들은 종종 악을 쓰며 전경들에게 너희도 이제는 양심선언 할 때가 되었다고 약간은 무책임하게 말했다. 그런데 그것이 다른 녀석들의 심장이 아닌 내 심장을 친 것이다. 그게 어느 모로 보나 옳은 일이기는 했지만.

진술이 끝난 후 박 기자는 사진기자를 불렀다. 그런 후 내게 소속과 이름, 양심선언 의사를 물었고, 사진기자는 내 입 모양을 찍었다. 그것이 끝나자, 박 기자는 내가 머물 곳을 알려주었다.

"아마 오늘 저녁이나 내일 아침 일찍 야당에서 기자회견을 하게 될 것이네. 우리도 그것과 때를 맞추어 일을 추진하겠네."

박 기자가 잡아 준 택시를 타고 가는 동안 앞으로 벌어질 일도 일이었지만 기자가 마지막으로 한 말이 떠올라 가슴이 뭉클해졌다.

"자, 우리의 후손들을 위하여!"

누구를 위한다는 말, 이 말처럼 숭고함의 파문을 일으키는 말이 또 어디에 있을까. 나는 몇 번이나 이 말을 떠올리며 감탄했다.

당사 인권사무실 안으로 들어가는 복도에는 작업복을 입은 남자들이 머리에 빨간 띠를 두르고 농성을 하고 있었다. 사무실 안도 마찬가지였다. 소외되고 어디에도 호소할 길 없는 가난한 사람들이 그곳을 메우고 있었다. 이들은 왜 이렇게 징징거리는지 알 수 없었다. 그들 중에는 분명 독재자에게 표를 찍었던 인간도 있을 터였다. 징징거리는 대신 독재자를 때려 부수면 될 터인데 정말 한심한 노릇이었다. 나는 소파에 앉아 사람들이 나가기를 기다렸다가 부국장이라는 명패를 앞에 둔 남자에게

다가갔다.

“어떻게 오셨습니까?”

부국장의 말투는 약간 어눌했고 인상은 수더분해 보였다. 나는 부국장이 묻는 대로 소속, 이름, 오게 된 동기, 그리고 부국장의 요구에 따라 — 내 생각에는 하등 상관이 없다고 여겨지는 것이었지만 — 부대 내에서 이루어지고 있는 기합이나 구타에 대해서도 말했다. 하지만 신부를 만났다거나 사회부 기자를 만났다는 말은 하지 않았다. 신부에 대해서는 내가 숨겼고 신문사는 기자의 요청에 의한 것이었다.

조사가 이루어지는 동안 부국장은 열심히 적었고 내용을 보충하기 위해 몇 가지를 더 물었다. 그것이 끝나자, 부국장은 나를 사무실 안에 있는 작은 사무실 안으로 데리고 갔다. 사무실에는 책상이 하나, 소파가 하나 있었다. 사람들의 눈을 피하려는 것이니까 여기서 좀 기다리게, 라고 말한 후 부국장은 밖으로 나갔다.

얼마 후였다. 부국장이 머리가 하얗게 센 노인을 한 사람 데리고 나타났다. 그가 바로 국장이었다. 국장은 내가 조금 전에 했던 말들을 다시 확인하고 싶어 했다. 나는 녹음기처럼 했던 말을 되풀이해서 말했다. 난 인간이란 말이야, 라고 중간에 외치고 싶은 것을 몇 번이나 참았다. 그 과정이 끝나자, 국장은 밖으로 나가서 직원들에게 함구령을 내렸다.

“이 순간부터 일체 이 일에 대해 함구령을 내립니다.”

이후 나는 방에서 나갈 수 없었다. 간혹 부국장이 내가 있는지 확인하기 위해 문을 열었을 뿐 어느 누구도 얼굴을 디밀지 않았다. 나는 의자에 앉아 하루 동안 일어났던 일을 생각하고 있었다. 오늘은 다른 날과 달랐다. 아침에 부대를 나설 때 나는 비장한 각오를 하고 있었고, 신부를 만난 이후로 다시 나락으로 떨어졌다. 그런 뒤 신문사에서 열렬한 환영을 받은 후 다시 기운이 났고 야당 당사로 올 수 있었다. 그러고 보면 나는 주위의 사람들에 의해 좌우되어 온 셈이었다. 나는 나 자신을 들여볼 새도 없이 주위 사람들에 의해 울고 웃은 셈이다. 도대체 이런 영향을 받지 않으며 살 수는 없는 것일까?

그러다 보니 저녁이 가까워졌다. 나는 부국장과 사무실 직원들이 벌인 술자리에 초대를 받았다. 물론 하찮은 사람이 아니라 투사로, 용기 있는 자로 말이다. 직원들은 다투어서 나와 악수를 하려 들었다. 그들은 한 번도 본 적이 없는 나를 흠뻑 존경이 담긴 눈으로 쳐다보았다. 그렇지만 나는 그다지 존경받을 만한 일을 하고 있다는 생각은 들이 않았다. 나는 그들에 의해 웃고 우는 존재가 되고 싶지 않았다.

그렇지만 내 감정은 생각과 다르게 움직이고 있었다. 나는 술잔을 받을 때마다 붕 떠올라 이들 위를 날고 있는 느낌이었고 긴 창을 꼬나 들고 독재자와 싸우는 환상에 젖었다. 놈을 죽이는 거야. 나는 더할 나위 없이 흡족한 마음으로 술을 마셨다. 그때 누군가의 제의로 건배가 이루어졌다.

"이 나라의 민주화를 위하여!"

"위하여!!!"

술자리가 끝나자, 나는 소파로 돌아와 잠이 들었다.

자는 동안 나는 꿈을 꾸었다. 여러 사람의 모습이 스쳐 지나갔는데 불안한 표정들이었다. 특히 어머니는 불안한 눈초리로 나를 보았다.

다음 날 오전은 약간 초조하고 불안한 가운데 흘러갔다. 나는 곧 유명인사가 되어 감옥으로 직행하는 투사의 과정을 밟을 수도 있었고, 일진이 나쁘면 내가 빠져나왔던 바로 그 자리에 고스란히 가서 처박힐 수도 있었다. 유명한 사람이 된다는 것은 좋은 일이라고 누군가 속삭였다. 남들이 우러러보는 사람, 경탄 속에서 내 이름을 생각할 사람들을 생각하니 가슴이 뛰었다. 나중에야 나는 그것이 악마의 유혹인 줄은 알았다.

제자리로 돌아가 박힌다는 것, 그것은 무엇보다 견딜 수 없었다. 온몸에 소름이 돋을 정도로 끔찍한 짓이었다. 나는 지금까지와는 다른 여정 위에 서 있다고 믿고 싶어졌고 뒤를 돌아보고픈 마음은 조금도 없었다. 뒤를 돌아보지 말 것, 원점으로는 돌아가지 말 것, 나는 다짐했다.

아침 일찍 출근한 부국장과 아침 식사를 하고 국장실에서 담배를 피웠다. 우리 둘 사이에는 별다른 말이 없었다. 그는 뭔가 알고 있었음에도 나를 안심시키려는 말만 했다. 이해할 수 있었다. 그도 어떤 결정을 내릴 처지가 아니었고, 어떤 조짐이 있다고 쉽사리 말할 처지도 아니었다.

그런데 삼십 여분 뒤 인권위원회 사무실 직원들이 모두 출근하고 업무가 재개되었음에도 마찬가지였다. 도대체 어떤 일이 벌어지고 있는 걸일까. 꼭 일어나리라고 기대되었던 일이 일어나지 않자, 나는 불안해졌다. 뭔가 잘못된 것이 아닐까. 혹시 부국장이나 국장이 총재에게 보고하지 않은 것이 아닐까. 그럴 리는 없었다. 이건 공식 석상의 일, 뒤편으로 일어난 일들은 모조리 삭제한 신문이 아니었다. 왜 그런지 알 수 없지만 내 개인적인 일일 수 있다는 생각이 들었다. 아무리 개인의 양심이라고 해도 그것이 사회적일 경우에는 내 문제만이 아니라고 속삭여도 소용이 없었다. 어쩌면 내가 그들에게 별 이용가치가 없는 것은 아닐까. 내가 이들에게 줄 가치는 오로지 여기까지가 아닐까. 여당에 내게 숨겨진 한 칼이 있다고 말이야. 어느 것도 장담할 수 없었지만 나는 이들에 의해 좌우되지 않으리라 생각했다. 그들이 내가 가진 문제를 대신 해결해 줄 수는 없다. 내가 독재자를 죽이고 싶다는 심정은 이해할지 몰라도. 좋다. 아무래도 좋다. 나는 하찮은 인간들을 상대로 다툴 생각은 없었다.

"콩국수나 먹으러 갑시다!"

점심시간이 되자, 부국장이 문을 열었다. 나는 말없이 뒤를 따랐다. 좀 더 기다려보자구. 어제저녁 국장이 함구령을 내렸으니까 내가 여기 있는 것을 경찰들도 모르고 있을 거야. 그런데 국장이 보이지 않는 것이 이상했다. 도대체 무슨 일일까. 총재와 면담을 하고 있는 걸까. 나를 어떻게 처리할지 상의하고 있을까. 정말 우습군. 내가 다른 사람들에 의해 의논되고 그 결정에 따라서 내가 움직여야 한다니 말이야.

아케이드 한식집에서 먹은 콩국수는 그다지 맛이 없었다. 아니 내가 식욕을 잃고 있을 수도 있다. 아니 먹는 것을 혐오스럽게 여기는 버릇이 살아난 것일 수도 있었다. 아무래도 좋았다. 여전히 시계 바퀴는 구르고, 나는 점심을 먹은 시점까지 살아있었다. 그 점에 나는 감사해야 했다. 살아서 움직이는 것이 때로는 감격스러울 때가 있다. 지금이 바로 그때였다.

그러나 내가 점심을 먹고 당사에 도착하기 전에 이 기분은 정반대로 바뀌었다. 나는 당사 정문에 다다르기 전에 키가 작고 못생긴 원숭이 한 마리를 보았다. 놈은 나를 향해 전속력으로 달려오고 있었다. 나와 같이 근무했던 고참 중대원이었다. 나는 놈을 보자마자, 달리기 시작했다. 발바닥이 끈적거리며 불유쾌한 상상이 떠올랐다. 나는 늘 어디론가 도망치고 있었다. 그리고 늘 내 뒤를 쫓아오는 놈이 있었다. 그것은 내 운명이었을 수도 있고 내가 경멸했던 하찮은 인간들이었을 수도 있다. 나는 그들처럼 살기를 거부했고 나만의 삶을 살고자 했지만 그들은 시시때때로 나타나 나를 잡기 위해 안간힘을 썼다. 나는 그들에게 잡혀 현실로 돌아가던가 아니면 오랫동안 도피자의 상태로 있었다.

"아이쿠!"

나는 당사 현관문을 이삼 미터 앞에 두고 미끄러졌다. 다시 반사적으로 일어섰지만 놈은 벌써 내 어깻죽지를 잡아당기고 있었다.

"놔!"

나는 고함을 지르며 입고 있는 하얀 잠바를 벗어버렸다. 다시 뛰기 시작했다. 엘리베이터는 만원이었지만 나는 그 안으로 뛰어들었다. 뒤따라온 원숭이가 날 끄집어내기 위해 손을 뻗었다.

"이게 무슨 짓이야!"

누군가의 목소리가 들려왔다. 정장 차림에 키가 훤칠한 오십 대 남자였다. 나는 그가 누군지 몰랐지만 나를 구해준 그 남자에 감사했다. 그는 원숭이를 밖으로 밀어버리고 엘리베이터 문을 닫았다. 소리 없이 나타난 구원병의 얼굴을 나는 쳐다보았다. 그가 아니었다면 나는 다시 박혀있던 자리로 되돌아가야 했다.

"나도 당원이오."

당원이라는 말을 듣자, 꼭 공산당원이오, 라고 말하는 것 같아 잠시 몸이 떨렸다. 공산당원에게 잡혀가서 이보다 더한 고통을 겪게 될지 모른다는 생각이 들었다. 내 무의식 속에 들어있는 그들은 남한 사람들보다 잔혹하고 더 악랄했다.

부국장은 사무실로 곧 뒤따라왔다. 그리고 어디선가 나타난 국장이 부국장을 나무랐다.

“하마터면 어쩔 뻔했소, 지금 점심이 뭐가 대단하단 말이요!”

부국장이 죄송하다는 말을 되풀이했다.

“여기 있는 것이 확인됐으니 당사는 곧 포위될 것이요. 저 사람을 피신시킬 대책을 강구해 보시오.”

그랬다. 이들은 내가 이런 상태에 처할 것을 뻔히 알고 있었다. 단지 엉큼하게 그 시기만 기다리고 있었다. 좋아, 당신들에게 정의나 진리 같은 것이 없는 것은 확실해. 난 내 마음대로 행동할 거야. 나는 화장실에 가는 척하고 사무실을 빠져나가 바깥 계단을 내려가는 모습을 그리고 있었다. 당원인 양 가장을 한 채 뒷길로 나가는 것이었다. 하지만 그런 곳에는 내 얼굴을 아는 부대원들이 배치되어 있을 것이 분명했다. 지금껏 내가 바란 것은 이런 것이 아니었던가? 다른 사람들과 구별되는 특징을 갖는 것 말이야. 다시는 벌레들이 우글거리는 부대 숙영지로 돌아갈 수 없었다. 그리고 시민들의 놀림감이 되고 싶지도 않았다. 아무런 생각 없이 방패를 들고 곤봉을 들고 있는 것은 생각만 해도 역겨운 일이었다. 그런데 왜 나는 이 순간에도 다른 사람이 나를 어떻게 봐줄지 관심을 가지는 것일까. 나는 그들을 사랑한 적도 없고 그들로부터 허위에 찬 찬사를 받고 싶어 한 적도 없는데… 아무리 생각해도 이상한 일이었다. …더 이상 갈 곳이 없다면 투사다운 장렬한 최후는 어떨까? 단지 머릿속으로만이 아니라 실지로 몸을 던지는 행동을 보이는 것이다. 몇 사람의 얼굴이 떠올랐다. 전경들에게 고문을 당하거나 최루탄을 맞아 죽은 학생이나 노동자가 아니라 몸에 시너를 붓거나 고층에서 떨어져 스스로 죽음을 택한 사람들에게 나는 도움을 청했다. 그 순간을 맞이할 용기를 갖게 해 달라고 기도했다.

"내게 용기를 주소서!"

신과 다름없는 사람들에게 기도를 끝내자마자 치안경찰이 당사를 포위했다는 소식을 부국장이 가지고 왔다.

"하지만 너무 염려하지 말게. 우리도 자네 하나쯤 살릴 병력은 있으니까."

이렇게 말하고 있었지만 부국장의 행동은 사뭇 달랐다. 당황하고 허둥대는 기색은 이렇게 빠르게, 라고 말하고 있었고 문에서 시선을 떼지 못하고 안절부절 못하는 것이 어서 상부의 명령이 내렸으면 하는 듯했다.

부국장은 밖으로 나갔다가 여자 가발과 옷, 화장품을 가지고 나타났다. 여자로 변장해서 당사를 나가자는 것이었다. 좋은 방법이군. 난 왜 지금껏 이런 생각을 못 했을까. 나는 부국장이 가져온 하얀 블라우스와 얇은 여름용 치마를 입었다. 잠시 동안 여자가 된다는 것이 나를 즐겁게 했다. 여자가 쓰는 말투, 복장, 사회적인 행동이 언제부터 규격화된 대량 제품처럼 출시되었던가. 이것은 대지와 자연을 거스르는 행동이었다. 드디어 검은 곱슬머리 가발을 쓰자, 나는 여성이 되었다. 내가 바랐던 우아한 모습은 아니었지만 그 모습에 나는 만족했다.

그때 문을 밀고 들어온 국장이 내 모습을 보았다. 그는 허, 하고 웃으려다 말고 긴장된 표정을 지었다.

"그것보다는 말일세. 일이 이렇게 된 이상 서로에게 좋은 쪽으로 해결을 보세. 우리 당이나 자네의 신변 둘 다 말이야. 밖에 기동대장하고 국회의원, 관할경찰서장이 자네와 면담하기 위해 와 있네."

이 순간 내가 왜 반대를 하지 않았는지 알 수 없다. 내가 오로지 그들의 손아귀에 잡힌 참새라는 것을 잘 알고 있었기 때문일까. 그랬더라면 나는 새로운 길을 발견했을지 모른다. 그리고 보통 사람들이 걷는 길을 뒤따를 필요는 없었을 것이다.

"왜 갑자기?"

부국장이 나 대신 물어주었다.

"아까 전 일이 큰 실수였어. 그 일만 없었다면 경찰들도 저 사람이 우리 당사에 있다는 것을 몰랐을 거야. 조금만 기다렸으면 되는 일을 갖다가!"

"죄송합니다."

"내가 시키는 대로 하게."

그 말이 떨어지기 무섭게 나는 국장실 문을 차고 나왔다. 놀란 직원들이 나를 쳐다보았다. 나는 이 순간처럼 나 자신을 한 목적에 집중시킨 적이 없었다. 오로지 하나의 목적만이 내 전부였다. 나는 꽃잎처럼 용감히, 그리고 허무하게 공중으로 흩어지고 싶었다. 나는 갖가지 장애물을 지나 창문을 열고 훽 몸을 날렸다.

여태 생각하고 있었던 것과 같은 공포는 없었다. 그것은 참 아름다운 비행이었다. 열린 하늘에서 꽃잎들이 떨어지기 시작했고 마침내 대지는 분홍빛 꽃잎으로 덮였다. 그리고 내 주위의 사물들은 제각기 내 죽음을 축복해 주었고 나는 그때까지 알지 못했던 황홀한 순간을 맛보았다. 나는 세상과 사람과 일체가 되었다. 하지만 나는 죽은 게 아니었다. 잠시 후 내가 눈을 떴을 때는 병원의 하얀 시트 위에 눕어져 있었다.

우람한 철문이 뒤에서 소리를 내며 닫히자, 유치장에 흩어져 있던 눈들이 모조리 나를 향해 모였다. 오라질 놈의 인간들! 나는 의경이 이끄는 대로 반원형으로 된 여러 개의 방 중 제일 앞의 방에 가서 섰다.

"손을 앞으로 내!"

의경은 내 손에 채워진 수갑을 풀어 주었고 그다음으로 앞에 있던 방의 철문을 열었다. - 아니 그 순서가 바뀌었을 수도 있다. 나는 순순히 갈색 마루가 깔린 1번방으로 들어갔다. 맨발을 마룻바닥 위에 올려놓자, 몸이 으슬으슬 떨릴 정도의 냉기가 느껴졌다. 냉기는 맨발에서 다리로, 몸통으로, 머리로 퍼져나갔다. 이곳이 내가 보름 동안 지내야 할 곳이었다. 두렵지는 않았다. 어차피 이곳을 나가도 감옥이기는 마찬가지였다. 단지 사람들이 그것을 모를 따름이었다.

"유치장 수칙이라도 읽어 두는 것이 아마도 좋을 거야."

쾅, 하고 철문을 닫으며 의경이 말했다.

'그래, 밖에 나가면 독재자의 법전을 읽어야겠지.'

나는 구석에 쌓인 모포 중에서 1장을 들추어내서 사각으로 접어 그것을 바닥에 깔고 앉았다. 그러자 나와 세상을 가로지르고 있는 철창이 눈에 들어왔고 다음으로 간수책상과 바로 위의 벽시계가 눈에 들어왔다. 거대하고 검은 바늘이 달린 시계였다. 시계는 아주 잘 가고 있었다. 그러다가 어느 순간 갑자기 정지했다. 내 사고가 정지했고 사람들도 움직이지 않았다. 내가 바라고 있던 것은 바로 이런 순간이었다. 모든 것이 정지해야만 하는 것이다. 나는 잠시 행복한 상태에 빠졌다.

유치장 수칙은 정면의 간수 책상 오른쪽 위에 붙어 있었다. 나는 얼굴이 긴 데다 안경을 쓴 의경의 모습을 떠올리며 유치장 수칙을 읽어 내려갔다. 그러나 그것을 모두 읽고 나서 나는 괜히 읽었다 싶었다. 그것은 내가 여전히 자유로운 존재가 아님을 일깨워 주었고 독재자의 명령에 따라 움직여야 하는 수인임을 확인시켜주는 것에 지나지 않았다.

다리가 저린 것을 오랫동안 참고 있었던 나는 반원형 반대편에 있는 자들이 일어나서 눈에 띄지 않게 어슬렁거리는 것을 보고 자리에서 일어났다. 이곳에서는 극히 사소한 것들조차 허용의 대상이 되는 것이다. 나도 마찬가지였다. 독재자의 눈치를 보며 슬며시 다리를 푸는 인간이었다. 갈색 니스가 칠해진 나무 조각은 바닥에서 시작해서 벽의 중간까지 올라가 있었다. 아마도 벽에 부딪혀 죽거나 다치려는 자들을 막으려는 의도일 것이다. 나는 그것들을 오른손으로 만지며 한 걸음씩 한 걸음씩 떼었다. 그러는 동안 조금 전에 본 유치인이 감시카메라를 피하며 걷고 있었다는 것을 알아챘다. 유치인이 주의해야 할 대상은 책상에 앉아 책이나 신문을 보는 간수가 아니라 사실은 감시카메라였다. 갑갑해진 나는 걷기를 포기하고 모포가 놓인 자리로 돌아왔다.

얼마 후 나는 다시 자리에서 일어났다. 주저앉아 있는 내가 미웠고 그것이 견딜 수 없었다. 조금 전에 했던 것처럼 벽을 따라 걸어가기 시작했다. 나뭇조각을 짚어 가는 동안 몇 개의 글자들을 발견했다. 조금 전에는 보지 못한 것이었다.

'그 날이 올 때까지! 마술사 타도!'

손톱이나, 날카롭지는 않지만 단단한 물체로 긁거나 짓이겨서, 지나치게 가늘거나 약간 일그러진 글꼴이었다. 이것을 발견하자, 내심 탄성을 질렀다. 반독재 투쟁을 하던 학생이나 시민들이 이곳을 거쳐 갔다는 증거였다.

잠시 자리로 돌아와 쉬었다가 몇 분 후 다시 일어났다. 이번에는 더욱 용기를 내어 뒤편까지 나아갔다. 뒤편은 세면장과 화장실이었다. 세수할 수 있는 세면대에는 냉·온 수도꼭지가 달려 있었다. 그리고 수세식 화장실에는 값싼 화장지가 누런빛으로 매달려 있고 변기에 쭈그려 앉으면 겨우 하체를 가릴 수 있는, 용수철 달린 문이 있었다.

채광창이 하나 있다는 것을 발견한 것은 그 다음 날이었다. 세면장을 지나쳐 화장실에 가려고 했을 때 유치장 내부를 밝히는 형광등 불빛보다 더 밝은 빛을 대한 느낌이 들었다. 채광창은 세면장과 화장실의 중간에서 약간 세면장 쪽으로 치우친 천장에 달려 있었다. 그것은 오물을 걸러내기 위해 설치하는 철망처럼 몇 개의 구멍이 뚫려 있었고 그것을 통해 몇 가닥의 햇살이 실처럼 드리워져 있었다. 햇빛을 발견한 순간의 기분이란 이루 말할 수 없었다. 광휘! 마음은 한없이 부드럽고 충만해졌고 일체의 사물에 대한 거부감이 들지 않았다.

벽시계가 잠시 멈추었다고 생각한 것은 내 착각이었다. 벽시계는 거대한 바늘을 움직이고, 낮게 종을 6번 침으로서 유치장을 변화시켰다. 그때까지 닫혀 있던 철문을 열어젖히고 노란 바구니를 들여보냈다. 그것을 뒤에서 밀고 있는 사람은 두 명의 중년 부인이었다. 그들은 먼저 내 방에 도시락을 들여 주고 곧 옆방으로 건너갔다. 나는 철문 사이의 네모진 틈으로 디밀어진 도시락을 무릎 위에 놓고 열었다. 한 도시락 안에 든 것은 분명 갈색 줄무늬가 그려진 보리밥일 것이고, 또 하나의 도시락에 든 것은 빨간 고춧가루를 무친 노란 단무지일 것으로 생각하면서. 그런데 그것이 아니었다. 또 하나의 도시락에는 노란 단무지 외에도 푸른빛이 장에 녹아 검게 변한 고추 장아찌가 들어 있었다. 반가운 마음에 보리밥 한 술을 입에 넣고 고추장아찌를 베어 물었다. 순간 매운맛과 짠맛이 어우러진 독특한 맛이 상처를 소독할 때처럼 코와 눈의 신경을 찔러

댔다.

그 다음 날 오후였다. - 아니 며칠 후일 것이다.

아침마다 작은 수레를 밀며 각 방을 도는 의경이 그 날 내 방에 임의적으로 던져준 책, 니체의 '선악의 피안'을 읽고 있던 나는 갑자기 유치장 안을 흔드는 구호에 놀라 창살 밖을 쳐다보았다.

"예수를 믿으십시오, 회개하십시오!"

이십 대 여자의 목소리였다. 정인일까, 이 목소리는. 궁금증을 풀기 위해 나는 두 줄로 늘어서 있는 방문자의 행렬을 더듬어가기 시작했다.

성가대처럼 검은 치마에 하얀 블라우스를 입은 여자, 연한 녹색의 투피스에 다갈색 구두를 신은 여자, 검은색 정장의 빨간 입술의 여자, 그 옆에 정장한 남자, 기타를 멘 삼십 대 초반의 청년, 긴 머리에 바둑판무늬 남방을 입은 핼쑥한 여자…

"자, 우리의 형제자매를 위해 기도합시다!"

감색 정장 남자의 굵직한 목소리에 따라 일동은 손을 모아 올렸다. 그 자가 아마 목사인 듯했다. 목사가 기도를 마치자 서 있던 사람들뿐 아니라 유치인이 들어 있는 방에서도 아멘, 하는 소리가 들렸다. 기도를 마친 목사는 이렇게 외쳤다.

"예수를 믿으십시오, 회개하십시오!"

방금 전의 목소리가 바로 이 자의 목소리였다니. 이 목소리를 듣기가 무섭게 그는 망할 놈의 목사 같으니라구, 하고 중얼거렸다. 속은 것이 분했고, 거듭해서 나까지 죄인 취급하는데 화가 치밀어 올랐다. 독재자를 독재자라고 말해서는 안 된다면 죄인을 죄인이라고 말해서는 안 된다는 것이 그때까지 내 생각이었다.

곧이어 방문자들은 기타를 어깨에 멘 남자의 반주의 맞추어 찬송가를 부르기 시작했다. 여자들은 이런 곳에서 찬송가를 부르는 것이 가슴에 벅찬지 표정이 과장되어 있었다. 빨갛거나 연한 갈색의 입술을 크게 벌려 치아를 드러냈다. 그래서 멀리서 보면 노래하는 것이 아니라 밝고 환하게 웃고 있는 것으로 보였다. 반면 남자들은 그녀들보다는 경건한 자세로 임하고 있어서 어딘지 모르게 어색하고 부자연스럽게 보였다.

이들이 찬송하는 사이 방문자 중 몇 사람은 빵과 우유를 담은 종이박스를 들고 유치장을 돌기 시작했다. 나는 연한 노랑으로 머리를 염색한 중년 부인이 준 빵과 우유, 전도지를 한 장 받아들었다.

"예수 믿고 구원을 받으십시오!"

그녀는 기계적으로 말한 후 옆방으로 건너갔다. 나는 빵과 우유를 게걸스럽게 먹다가 갑자기 동작을 멈추었다. 혐오스러운 이 동물이 죽을 때는 어떤 표정을 짓고 죽을지 궁금해졌다. 아마 찍소리 못하고 죽을 거야.

나는 양 한 마리를 안은 예수의 모습이 인쇄된 전도지를 손에 펴들었다. 갑자기 어떤 생각이 퍼뜩 떠올랐다. 나는 조금 전에 본 부인을 낮은 목소리로 불렀다. 몇 차례 불러도 부인은 오지 않았다. 그럼에도 불구하고 나는 포기하지 않고 그녀를 기다리고 있다가 1호 방을 지나쳐갈 때 다시 불렀다.

"잠깐만요!"

중년부인이 내 앞에 모습을 드러냈다. 나는 볼펜 한 자루를 좀 빌려달라고 말했다. 부인은 부담스러운 눈초리로 잠시 나를 보더니 이윽고 볼펜을 가져다주었다. 나는 볼펜을 받아들자마자 갈겨쓰기 시작했다.

'저는 제1 기동대 소속의 전투경찰입니다. 저는 독재정부를 전복시킬 투사가 되려고 합니다. 부디 도움을 주십시오.'

아래쪽에는 부인을 향해서도 한 마디 썼다.

'부인, 이 쪽지를 부디 H 성당의 신부님들에게 가져다주십시오.'

부인은 전도지를 받아 아무런 말없이 자리를 떠났다. 과연 내가 원하는 대로 심부름을 해줄까, 걱정었지만 부인을 믿는 수밖에 없었다.

그렇지만 유치장 문을 나설 때까지 그 어느 것도 나를 찾지 않았다.

저녁 도시락이 배달되었다. 통로 쪽에 앉은 P가 식사를 가져다주기를 기다렸다. P는 소대에서 고참예우를 해 준답시고 얼마 전 내게 붙여준 당번병이었다. P를 볼 때마다 절로 웃음이 나왔다. 고슴도치처럼 날 선 머리칼과 부어터진 듯한 인상에서 희극배우의 모습이 떠올랐다. 하지만 P는 내가 부러워하는 '미련 곰탱이'는 아니었다. 내가 대기병력으로 있던 전출병이며 한 때는 요주의 인물이었지만, 이제는 별 볼 일 없는 인간임을 잘 알고 있었다. P는 나를 경시하는 한편, 요령 있게 게으름을 피우는 것도 견딜 수 없다. 내가 모든 것을 다 할 수 있다는 것은 아니다. 단지 나는 누군가의 시중을 드는 것도 그렇지만 누군가의 시중을 받는 것도 견딜 수 없을 따름이다.

P가 하얀 스티로폼에 담긴 도시락을 갈색쟁반에 받쳐 앞에 놓아주었다. 차라리 미련 곰탱이가 더 나을 뻔하기는 했다. 그랬더라면 독재를 원했던 곰탱이들보다는 더 나은 인생을 살았을 테니까. 나는 수저를 들고 도시락을 열었다. 한쪽에는 하얀 쌀밥이 또 한쪽에는 쇠고기 조림, 새우튀김, 풋고추, 부침, 체리 한 알이 들어 있었다. 정말 없는 것이 없

었다. 여태 나와 대원들이 먹어온 것은 양은 도시락에 담긴 정부미 밥과 된장국, 오이냉국 같은 것들이었다. 맛있는 반찬과 연명을 할 정도의 식사는 어떤 차이가 있을까. 영양의 차이? 한 끼 식사를 위해 어떤 인간들은 비굴한 짓도 해야 하는데? 아무리 생각해도 이런 세상은 정말 살만한 곳 아니었다.

"중공업 회장님이 보내주신 것이니까 다들 맛있게 들라구. 하지만 너무 많이 먹지는 마. 그러다가는 야식으로 나오는 맛있는 빵과 우유를 버릴 테니까."

내무반장 김 수경의 말에 대원들은 몇 가닥의 웃음들을 흘리면서 젓가락을 놀렸다. 또 언제 이런 식사를 해보겠느냐는 듯이. 사실 전직 대통령을 지키기 위해 설악산의 산장에서 보낸 한 달 동안에도 이런 대접을 받지 못했다. 매일 김치나 된장국, 시래깃국에 잡곡밥을 먹었다. 왜 전직 대통령을 지켜야 했는지 그들은 아마 잘 안다고 자부하고 있을 것이다. 하지만 그것은 분명 틀린 생각이다. 그들도 전쟁터에 나간 병사들처럼 왜 총을 쏘아야 하는지 몰랐을 것이다.

식사가 끝나고 얼마 지나지 않아 날이 곧 어두워졌다. 어두워지기 전부터 켜져 있던 가로등이 제 빛을 찾고 있었고 가까이 보이는 건물보다 멀리에 있는 것들이 더 환상적으로 보였다. 이것이 나를 과거 속으로 몰아갔다. 우연히 어떤 조건이 삶 속으로 들어왔을 때 나는 당시의 상황과 판단에 따라 어떤 식으론가 수용했지만, 나중에 생각하면 그것은 늘 불만족스러웠다. 그래서 나는 과거 상황을 재현해서 불가능하건, 자신과 어울리지 않건 여러 가지 가능성을 새로이 만들어 냈고 그 중 가장 맘에 드는 것을 골라서 더욱 증폭시켰다. 그러는 동안 나는 말할 수 없이 큰

쾌감을 맛보았다.

홀로 있고 싶을 때 홀로 있을 수 있다면 얼마나 좋을까. 그렇게만 된다면 혼자만의 생각에 잠길 수도, 한껏 비탄에 잠길 수도, 절망의 밑바닥까지 훑어볼 수도 있다. 그렇지만 여기는 그런 곳이 아니었다. 내 모든 동작이 수십 개의 눈에 의해 감시당하고 있었다. 그래서 생각은 나가려다 제지를 당하고 나는 내 주위에 짐승들이 우글거리는 것을 보고 있다.

얼마 후 출발명령이 떨어졌다. 요란하게 승차를 외치는 소대 무전들의 목소리와 함께 입초근무자들이 들어왔고, 유리창 밖에 하얀 철망이 달린 버스는 출발했다. 버스는 2소대의 버스를 따라 31번 지방도의 도로변에서부터 도시의 야경을 향해 거슬러 올라갔다. 누가 이런 도시를 세웠던가. 성장과 발전을 최고의 가치로 떠받들었던 인간들. 아직도 물질적인 풍족만이 전부라고 떠드는 그들은 영혼이라고는 가져본 적이 없는 물신 숭배자들인가.

마침내 버스가 밤을 묵을 숙영지에 도착했다. 어느 초등학교 운동장이었다.

“하차!”

소대 무전이 길게 소리쳤다. 중대원들은 각자의 세면도구가 든 갈색 가방과 매트리스, 암녹색 모포, 그밖에 사과탄이 든 나무박스와 SY44 총을 챙겨 버스를 나섰다.

3소대가 쓰게 된 곳은 2층에 있는 교실이었다. 대원들은 교실에 들어서기 바쁘게 점호준비를 서둘렀다. 초등학교 아이들이 쓰던 작고 낮은 의자와 책상을 한쪽으로 밀어젖히고 청소를 시작했다.

매트리스가 깔리는 것을 본 후 나는 수건을 목에 걸고 교실을 나섰다. 세면장은 동쪽과 서쪽 두 곳이었는데 거의 비슷한 지점에 있었다. 어느 쪽으로 가든 선택을 해야 했다. 하지만 어느 쪽으로 가든 피를 볼 수도 있었다. 나는 망설이다가 동쪽을 향해 걸어갔다. 짐작대로 세면장은 만원이어서 검은 머리들이 공간에 떠 있는 것처럼 보였다. 문득 중학교 시절의 수학여행이 떠올랐다. 그때도 세면장은 한꺼번에 몰려든 아이들로 인해 북새통을 이루었다. 그런데 그들과 섞여 있는 동안 나도 모르게 기쁨에 휩싸였었다. 왜일까. 난생처음 온 수학여행의 감격 때문이었을까. 그래서 세수하는 것, 아니 씻는 것 자체를 싫어했던 나도 아이들 사이에 끼어들었을까. 그것이 아니면 갑자기 변한 환경에서 어찌할 줄 몰라 아이들의 행동에 나도 슬며시 끼어든 것일까. 만약 내가 자대 배치를 받고 난 이후, 수학여행 때처럼 슬며시 대원들 사이에 끼어 있었다면 어찌 됐을까. 아무런 오점도 남기지 않았을 것이고, 따가운 눈총과 더불어 분에 넘치는 존경을 받지 않아도 되었을 것이고, 아주 오랫동안 고독해 하지 않아도 되었을 것이고, 제대 말년을 이렇듯 비참하게 보내지 않아도 되었을 것이고…….

앞에 있던 대원이 세수를 마치고 돌아섰다. 상상이 끊임없이 이어지는 것을 가까스로 막게 된 나는 두 손으로 물을 받아 푸, 푸! 하는 소리를 거칠게 내며 성난 사람처럼 얼굴을 문질러 댔다.

점호가 끝나자 자리에 누웠다. 몇 번이나 남쪽의 창을 통해 불빛이 스쳐 지나가는 것이 보였다. 그리고 그것들이 지나가며 뒤편에 몰아 놓은 아이들의 책상과 벽에 붙은 크레파스화를 되살려 놓았다. 잠시 반짝하고 모습을 드러낸 그림들은 그것들이 말하고자 하는 내용보다는 색조로 기억에 선명하게 남았다. 바탕이 검은색이고 그려진 사물이나 사람은 모두 하얗게 칠해진 그림으로서.

독재자 한 사람이 죽었다는 소식을 들었을 때가 떠올랐다. 많은 사람은 그의 죽음을 진심으로 슬퍼했다. 아이들이 우는 것을 보자, 나도 모르게 눈물이 글썽였었다. 왜 그랬을까. 생각해 보니 그 눈물은 잘못된 것이었다. 가짜는 아니었지만 그것은 내 것이라고 할 수 없었다. 오랫동안 독재자에게 길든 감정의 자동적인 반응이었다.

대원들의 뒤척이는 소리를 들으며 나는 살포시 눈이 감기는 것을 내버려두었다. 그때 이불 속에서 날카로운 무엇이 허벅지를 찔러댔다. 나는 깜짝 놀라서 모포를 뒤집어쓰고 손전등을 켰다. 잠을 방해한 놈의 정체는 곧 드러났다. 놈은 마치 죽은 듯이 머리 위에 달린 더듬이 두 개를 늘어뜨리고 꼼짝도 않고 있었다. 바퀴벌레였다. 그런데 그 모습이 어디선가 많이 보았다는 생각이 들었다. 그랬다. 부대에서 처음 탈영을 하던 날 나는 경찰관을 보자, 숨을 헐떡거리며 벽에 머리를 대고 있었다. 나는 이 바퀴벌레와 다름없는 하찮은 인간임이 틀림없어. 그런데 왜 애써 살아남기 위한 노력을 되풀이하는 거지. (끝)

그날이 오고

그날이 오고

눈만 뜨면 쪼르르 달려가곤 하던 직장의 업무가 정지되고 나서 그래도 일주일은 견딜 만했어. 그동안 같은 처지가 된 동료들과 함께 합병반대 시위라는 것을 할 수 있었으니까. 허다한 은행을 다 놔두고 하필이면 우리에게만 희생을 강요하는 거냐, 그러면 알토란같은 처자식은 어찌하라고 — 이럴 땐 다들 가족을 볼모로 삼지, 그것이 옳든 그르든 말이야 — 이런 날벼락 같은 처사는 도저히 묵과할 수 없다고 말이야. 물론 우리는 그전부터 정부가 음흉하게 무슨 음모를 꾸미고 있다는 사실을 어렴풋이 감지하고 있었어. 그리고 그 순간이 오면 우리 은행은 K 은행에 합병되고 우리는 끝장이라는 사실도. 그간 정부는 개혁이라는 미명 하에 시중은행으로 하여금 이에 동참하라고 은연중 부추기고 있었거든. 사실 아무리 좋은 개혁이지만 나와 연관이 되어 있는데 누가 얼씨구나 좋다 하고 나서겠어. 그리고 또 어느 은행이 영업점을 폐쇄하면서까지 몇천 명이나 되는 행원들의 목을 자르려고 하겠어. 다들 어찌어찌 하다 보면 그냥 지나갈 수 있다는 생각을 했겠지.

그렇지만 그 날이라는 것이 왔고, 우리는 생존권 사수를 위해 일사불

란하게 움직였어. 그 날 아침 일찍 태화강 고수부지에 집결하는 것을 시작으로 오후에는 같은 처지의 타 은행 노조와 합류하기 위해 관광버스를 나누어 타고 서울로 올라갔어. 고속도로를 달리는 동안 정부를 성토하기도 하고, 시종 손뼉을 치고 구호를 외치면서 상경 후의 행동 요강을 마련했어. 그런 우리는 마치 출병하는 병사들같이 사기가 충천해 있었지. 언제 또 그런 날이 올까 싶어.

서울에 도착해서 우리는 경찰 병력이 에워싸고 있는 본점에 들렀지만 아무런 소득도 없었어. 그래서 다음 차례로 민주화 운동의 성지라고 할 수 있는 명동성당에 모여 본격적으로 떠들어대기 시작했어. 이마에 붉은 띠를 질끈 동여매고, 피켓을 든 채 구호를 외치는 등 난리도 그런 난리가 없었지. 처음에는 뭔가 좀 되어가는 가 싶었어. 언론도 일단 우리 편에서, 거리에 내몰린 가장들 어쩌구 하는 제목으로 기사도 내보내고 말이야. 사실 지금도 그렇지만 언론이라는 것이 정부 편이었지만 그때는 아니었거든.

아직까지 난 이런 일이라면 꽤 자신이 있는 편이었어. 우리 또래는 군부 통치를 종식했던 민주화 항쟁의 선봉장들이었으니까. 그때는 정말 대단했었어. 시위에 가담한 사람 모두가 길바닥에 드러누워 호헌철폐, 직선제 등을 외쳤었으니까.

그러다가 당국은 경찰을 투입했는데 진압하려는 게 아니라 호위의 수준이었어. 만약 그렇지 않았다면 이성을 잃은 우리가 어떤 불상사를 일으킬지 알고 있었을 테니까. 그런데 시간이 흐를수록 왠지 우리가 좀 떳떳하지 못하다는 생각이 드는 거야. 그전에야 독재정부에 대항한다는 대의명분이 있는데다가 국민의 암묵적인 지지도 있었거든. 거기에 비하면 이번 경우는 좀 다르다고 할 수 있어. 우선 나부터가 그랬어. 내가 내 안을 들여다보면 나와 내 가족에 대한 걱정뿐 사회에 대한 생각은 조금도 없었어. 이 나라가 어떻게 되어가든 일단 내 목에 거미줄을 치지 않도록 싸우는 것은 정당하다고 억지를 쓰고 있었어. 과거에는 용감한 투사가 말이지.

그런데 시위를 하던 중 실망스러운 일이 있었어. 좀 나이가 들었다는 간부급은 뒤로 쏙 빠진 채 짐짓 손만 까딱이는 흉내만 내는 거야. 그간 우리 앞에서 젠체하던 그들이 말이야. 하긴 그들로서는 우리처럼 앞으로 나서보아야 얻는 것보다는 잃는 게 더 많을 수밖에 없었어. 어차피 합병은 기정사실이고 상대 은행에서 나이 들고 호봉수 많은 그들을 받아줄 까닭이 없었지. 그런데 괘씸한 것은 그들 속에 우리를 달달 볶던 김 과장도 끼어 있었다는 거야. 그걸 보니 화가 치밀더군.

그러다가 우리는 제풀에 지쳐 다시 울산으로 내려올 수밖에 없었어. 경찰병력에 의해 강제해산 되어서가 아니었어. 싸우려고 했다면 우리는 두 달이고 석 달이고 얼마든지 버틸 수 있었어. 문제는 우리가 아무런 준비도 하지 않고 무작정 상경했다는 데 있었어. 우리는 대통령이 있는 곳을 향해 목청을 높이기만 하면 되는 거로 생각했던 모양이야. 그러면 은행이 폐쇄되지 않을 줄 알고 말이야.

하여튼 시위를 시작하고 사흘도 지나지 않아 여기저기서 콜록거리는 소리가 들리더니, 하나둘 나동그라지기 시작했어. 그러면서 우렁차던 목소리는 모기의 것으로 변하고 말았어. 모르긴 하지만 그때 자신의 모습을 거울에 비추어 본 사람들은 다들 놀랐을 거야. 수염은 덥수룩하고 얼굴에는 기미가 잔뜩 끼고 팽팽하던 피부는 쭈글쭈글해졌으니까. 결국 우리는 파김치가 되어 집으로 돌아왔지.

며칠 후, 난 우리 은행을 흡수한 K 은행으로부터 전화를 받았어. 인수팀이라는 말에 순간 이런 생각이 들더군. 이제 우리 은행은, 사실 우리 은행이라고 할 수는 없지, 가족이라면 이렇게 내치지 않을 테니까, 행명(行名)에서부터 시작해서 깃발과 행가(行歌)까지 모조리 허공으로 날아가 버린 것 같다는 느낌이 든 거야.

그들의 말은 다름이 아니었어. 합병작업을 도와달라는 거였어. 그러면 복직에도 유리할 것이라는 언질까지 덧붙여서 말이야. 흥, 하고 콧방귀를 뀌면서도 난 좀 시간을 달라고 말했어. 하지만 그것이 아주 좋은 기회라는 게 직감적으로 느껴지는 덴 어쩔 수 없었어. 아무튼 나간다는 생각에는 망설임이 많았어. 그간 한 지붕 아래서 한솥밥을 먹으며 함께 일했고, 서울까지 올라가 투쟁했던 동료들이 허다한데 내가 어찌 그들의 눈을 외면할 수 있겠어. 우, 정말이지 난 그때까지 그런 식으로 살아오지 않았거든. 난 그냥 전화를 끊어버렸어.

전화를 끊고 집에 누워 있으려니까 다시 전화벨이 울렸어. 화가 치민 나는 이렇게 말할 작정이었어. 그래, 정말 잘났어. 당신들이 지금 내가 처한 입장을 알아? 그리고 당신들이야 고생을 하든 말든 내 알 바는 아니지, 라고 말이지. 그런데 목소리를 들어보니 함께 일했던 박 차장이었어. 하마터면 실수할 뻔했구나, 했는데 알고 보니 박 차장도 날 설득하기 위해 전화한 것이었어.

"김 대리, 너라도 나가서 도와줘."

이 말에 난 좀 아연했지. K 은행 직원도 아닌 박 차장이 그런 말을 하다니 이해하기 어려웠지. 그래서 난 이렇게 말했어.

"똥줄 타는 것은 제가 아닙니다." 라고 말이야. 그런데 박 차장 목소리가 간곡해지더군.

"이건 내가 부탁하는 거야. 나가서 그들을 도와 줘."

그 목소리를 듣자, 이건 진실이 담긴 거로구나, 싶더라구. 그렇게 된 이상 은행 합병문제가 개인의 감정 따위를 넘어선 지는 오래였으니까. 거기에 비하면 지점장은 얼마나 형편없는 인간인 줄 몰라. 시위에 가담하지 않은 것은 그렇다 치더라도 직원들 안위를 묻는 전화 한 통화 없었거든.

"어떻게 저 혼자만 나가겠습니까?" 그러자 박 차장이 이러더군.

"너만 연락을 받은 게 아니야. 김 양도 함께 나갈 거야. 김 양에게도 말했지만, 어차피 대세를 돌릴 수 없는 거야. 그러면 너라도 살아날지 모르잖아."

박 차장의 노골적인 꼬드김이 그리 싫지는 않았어. 하지만 난 그걸 받아들일 수 없는 처지였어. 김 양이야 어떻게 하든지 간에 떨려날 동료들이 내 눈을 가렸거든. 그래서 말을 돌릴 셈으로 이렇게 물었어.

"그런데 박 차장님은 나이도 있으신데 무슨 대책이 있으십니까?" 그 말에 박 차장은 망설이지도 않고 이렇게 답하더군.

"난 갈 곳이 있으니까 걱정 말고."

그제야 난 한 번 생각해 보겠다고 했는데 박 차장은 계속 날 설득했어. 그런다고 동료들을 배신하는 것은 아니라고 말이야. 마음의 동요를 느낀 것은 아마 그 때부터일 거야. 그렇지만 쉽게 결정을 내릴 수는 없었어. 살짝 미끄러지듯이, 아니 못 이기는 듯이 나가도 괜찮겠다는 생각이 들다가도 그랬다가는 동료들에게 손가락질을 받을까 앞이 캄캄해졌으니까 말이야.

그러면서 난 이러지도 저러지도 못하고 차일피일 미루고 있었어.

내가 K 은행으로 출근하게 된 것은 마누라 때문이 아닐까 자네는 생각할지도 몰라. 하지만 그건 아냐. 우리 마누라는 여느 마누라들처럼 제 자식, 제 가정만 아는 속 좁은 아줌마(?)는 아니거든. 게다가 난 3개월치 월급에다 퇴직금까지 미리 받았는데 그것으로 무얼 해도 할 수 있었지.

그리고 또 며칠이 지났나. 저녁나절에 박 차장이 소주나 한잔 하자고 그러더군. 그래서 은행 뒤편의 삼겹살집으로 갔는데 말이야, 행원 대여섯 명이 같이 나와 있는 게 아니겠어. 그래서 이건 분명 음모다! 나를 설득하려는 음모다! 라는 생각이 퍼뜩 들더라구.

처음에는 동료들의 안부에 대한 이야기가 오갔어. 다들 마땅한 직장을 구하지 못하고 있다는 식으로 말이야. 하긴 은행원이란 은행을 그만두면 갈 곳이 어디 있겠어. 기껏해야 유사 업종인 증권회사, 종금사, 마을금고뿐인데 합병으로 인해 은행권 전체가 술렁거리고 있었으니까 거기도 우리를 받을 처지가 아니었지. 나에 대한 문제가 나온 것은 아마 술이 몇 잔 돌고 나서일 거야.

"부담 가질 게 뭐 있어? 김 양도 나간다는데."

운을 띄우는 박 차장에 뒤이어 장 대리도 이렇게 말했는데 과연 다른 사람들 생각도 그럴까 싶었어.

"우리한테 미안해할 거 없어. 정식 채용이 아니니까."

강남지점 서 대리까지 거들더군. 그래서 나는 다른 직원들 표정을 살짝 둘러보았는데 좀 미묘한 것이었어. 할 수 없으니까 포기한다고 할까, 아니면 날 부럽다고 할까, 하는 표정이었으니까. 그 순간이었어. 이런 자리가 울산 말고도 전국 수십 개의 음식점이나 주점에 있을 것 같다는 생각이 든 거야.

"그래요, 김 대리님! 대리님이 잘하시면 구제될 사람이 더 나올지 어찌 압니까?" 최 행원이 부럽다는 표정으로 말했어.

"그럼 제가 특공대란 말이죠?" 내 말에 다들 웃었어. 난 기꺼이 임무를 수행하겠다고 말했어. 그리고 그 날은 모두 얼큰히 취했어. 그렇게 된 거야, 이제 알겠지?

그렇게 해서 다음 날 목숨을 걸고 임무를 완수하기 위해(?) 적의 수중으로 들어가게 된 거야. 그런데 막상 지점에 도착해서 머리글자가 K로 바뀐 간판을 보니, 슬며시 화가 치밀어 오르더군. 우리 지점을 차지한 점령군들에게 내가 항복을 하기 위해 들어가는 것처럼 한풀 꺾이고 말이야. 순간 나는 이건 뭔가 잘못되어 가고 있을 때의 불안함을 느꼈어. 그리고 언젠가 이처럼 어이없는 경험을 한 듯한 생각을 했어. 그게 언제였는지는 모르지만 하여튼 이번이 처음은 아니라는 그런 느낌말이야. 마치 어느 낯선 곳에 갔을 때 꼭 한 번 와본 것 같은 바로 그런 느낌이었어. 그래서 나는 그때가 언제였던가 골똘히 생각하게 되었는데 아무래도 기억해낼 수가 없었어. 언제였을까, 어느 때였을까. 갖가지 장소와 인물을 떠올리다가 마침내 나는 포기했어. 사람은 뭐든 할 수 있는 그런 존재가 아니지 않은가 말이야. 그러다가 난 지난 시절에는 다들 어려웠다는 것을 생각해냈어. 그리고 바로 몇 년 전부터 갑자기 풍족해졌다는 것도 말이지. 사실 그랬어. 은행에서 내가 받은 월급은 우리 가족이 먹고 저축을 할 수 있을 정도로 많아서 간혹 주말이면 가족과 함께 나들이하는 호사도 부릴 수 있었으니까.

지점 앞에서 내가 서성거린 것은 꼭 그 때문만은 아니었어. 김 양과 은행 앞에서 만나 함께 들어가기로 했거든. 조금 기다리니 택시가 한 대 서더니 김 양이 내렸어. 평소 같았으면 새내기인 김 양에게 퉁박을 먹였을 테지만 그 날은 그럴 수 없었어. 우리는 지금 정부가 획책한 음모에 슬그머니 끼어든 공범자였으니까. 군사정부 시대에도 아마 이런 일이 간혹 있었을 거야.

그런데 김 양의 태도에는 어딘가 불안한 데가 있었어. 주위를 살피기도 하고 말이지. 그래서 내가 김 양의 얼굴을 보았더니 이렇게 말하는 거야.

"저어…조 대리님은 어떻게 되나요?" 느닷없는 질문에 난 얼떨떨했어. 나로선 너무 의외에다 난처한 질문이었으니까. 난 조 대리 얘기가 김 양의 입에서 나올 줄은 몰랐거든. 그래서 난 무언가 있다 싶어 관계를 캐물어 볼까도 했는데 그럴 기분은 아니었어. 무엇 때문에 이 자리에서 조 대리를 찾을까, 우리 둘만이 K 은행 인수팀에 불려 나온 것을 잘 알 텐데 말이야, 하는 의문이 한 번 머리 주위를 한 바퀴 휙 돌고 지나가기는 했지만 말이야.

은행 안으로 들어서자, 예상한 대로 낯선 사람들이 고객들을 맞고 있더군. 이른바 K 은행으로부터 파견된 인수팀 작자들이었지. 그들은 인수 업무는 거의 손도 못 대고 출금 업무에만 매달려 있었는데 정말 가관이었어.

먼저 인사를 하게 된 녀석은 키가 작고 배가 볼록 나온 인수팀장이었는데, 그자와 인사를 나누던 중 창구 쪽에 앉아 있던 약간 안면이 있는 녀석과 마주치게 되었어. 어음교환을 위해 금융감독원에 갔을 때나 콜머니를 갖다 줄 때나, 하여튼 그럴 때 같이 커피 자동판매기 앞에 서 있었던 놈이었어. 그자가 손을 내밀더군.

"반갑습니다."

나도 마지못해 손을 내밀며 웃어주었어. 네놈은 반가워서 그러겠지만 난 아니야, 라고 속삭이면서.

그런데 내 자리에 이미 꿰차고 앉은 놈이 있었어. 겉늙어 보이는 젊은 녀석이 자판을 두드리고 있더라구. 허락도 없이 내 물건을 사용하다니, 정말 기가 차지 않았지. 하지만 곧 하는 수 없다는 생각이 들었어. 난 어떤 권리도 주장할 수 없는 처지니까 말이야. 그런 자가 숭상해야 할 덕이 뭐가 있겠어? 그건 바로 복종의 미덕이라는 거야!

한 가지 이상한 점이 있었어. 그것은 바로 그 치들이 내게 사용하는 호칭이었어. 그들 모두가 내게 '김형'이라고 불렀는데 여간 어리둥절한 게 아니었어. 난 수년 동안 '김 대리'라는 호칭에 익숙해 있었거든 — 하긴 마땅한 호칭이 있는 것도 아니었지만. 녀석들, 나를 꼬드겨서 인수작업을 수월하게 끝내고 싶었겠지. 그때 한 가지 생각이 떠올랐어. 어떻게 하면 녀석들을 좀 더 세련된 방법으로 골탕먹일까 하는 것이었지. 사실 내가 그러려고만 했다면 그들은 어쩔 수 없이 당하게 되어 있었어.
난 최근 몇 년간 거의 모든 기업의 대출을 담당해 왔거든. 하지만 그럴 수는 없었어. 내 행동 여하에 따라 우리 행원의 목이 하나 붙을 수도, 잘릴 수도 있었으니까.

난 겉늙어 보이는 녀석으로부터 내 자리를 빼앗고 일을 시작했어. 그들이 필요로 하는 서류를 재빨리 찾아냈고, 대출 기업의 사장이나 담당자를 인수팀의 과장에게 인사시켜주기도 했어. 그런데 그 치들, 정말 눈치가 빨랐어. 저네들 과장 앞에서 얼마나 내 칭찬을 해대는지 내가 몸 둘 바를 모를 지경이었으니까.

나는 최선을 다했어. 아니 다할 수밖에 없었지. 그런데도 도무지 끝이 보이지 않는 거야. 저녁을 시켜 먹으며 야간작업을 계속했는데도 말이야. 하긴 몇 년간의 일을 일시에 정리한다는 것은 아무래도 무리였지.

그러는 동안 내 머릿속에는 어떤 기대감, 아니 희망 같은 게 슬며시 찾아들더라고. 난 다시 예전으로 돌아갈 수 있다, 아파트 할부금을 걱정할 필요는 없다, 자동차를 굴리고, 주말이면 야외로 나가 고기를 구워 먹을 수 있다, 시골에 계신 아버님은 예전처럼 고개를 뻣뻣하게 들고 다닐 수 있겠다고 말이야. 그러면서도 한편으로는 어떤 눈이 보였는지 알아. 그건 바로 우리 동료들의 시퍼런 시선이었어. 말은 않지만 뜻을 짐작할 수 있는 바로 그 날선 눈들 말이지.

하지만 그런 뻔뻔한 생각이 내 가슴에서 나왔겠어. 그건 분명 못된 귀신의 짓이었어. 그럴 때마다 난 수절과부처럼 핀으로 허벅지를 찌르고 머리카락을 뽑아낼 듯이 움켜쥐기도 했어. 그렇다고 그 중압감이 떨쳐지는 건 아니었지만.

일을 하면서 한 번씩 멍한 상태가 되기도 했어. 이건 정말 나답지 않다, 이렇게까지 하면서 복직을 해야 하나, 싶으면서 또다시 지난번처럼 언젠가 적군들 속에서 이런 일을 해왔다는 생각이 거듭 드는 거야. 이럴 때 기분이 어떤지 알아. 마치 등 뒤에 누군가의 칼끝을 느꼈을 때처럼 섬뜩한 기분이었어.

김 양과는 말할 기회조차 없었어. 견딜 만 해, 하고 물으면 김 양은 배시시 웃기만 했어. 그리고 조 대리에 대해서는 한 번도 말을 꺼내지 않았어. 아마 그녀도 현실을 있는 그대로 받아들이기로 한 것 같았어. 설사 그녀가 조 대리 얘기를 꺼냈다고 해도 나는 신경 쓸 수 없었을 거야. 그녀가 조 대리를 사랑하든 그렇지 않든 내게는 동료라는 덩어리 속에 뭉쳐져 분별이 되지 않았으니까.

일주일 지나서일 거야. 퇴직한 행원들에게 위로금을 지급하게 되었어. 주어도 되고 안 주어도 되는 것이지만, 한 푼도 안 주고 쫓아내려고 하니 측은한 생각이 들었겠지. 통보를 받은 행원들이 모자를 쓰거나 고개를 숙인 모습으로 한 사람씩 들어오기 시작한 것은 그때부터였어. 난 그럴 때마다 죄스러운 마음으로 그들 앞에 섰어. 나 혼자만 자리를 차고앉아 있으니 면목이 없다고 말이야. 그렇다고 내게 비아냥거린 사람이 있었다는 건 아니야. 어찌 되었건 한 사람이라도 살아남았으니 다행이라고 생각하는 얼굴들을 보여 주었어.

그러고 보니 그전에도 한두 명씩 은행에 들른 적은 있었어. 다이어리, 선물로 받았던 파커 볼펜, 서랍에 넣어 두고 시시때때로 들춰보았던 승진시험 문제집을 찾아가기 위해서 말이야. 그런데 그들은 문제집을 집어 들자마자 쓰레기통에 집어넣어 버리더군. 은행이 정상적으로 흘러가고 있다는 것을 보여주기 위해 본점에서는 승진시험 날짜까지 잡아두고 있었거든. 하지만 인제 와서 그게 무슨 소용이 있겠어.

그렇게 동료들이 하나둘씩 예전 직장에 얼굴을 나타냈어. 그렇지만 조 대리만은 끝까지 모습을 보이지 않았어. 이상하다는 생각도 했지만 난 그럴 수도 있다고 생각했어. 위로금이야 통장에 입금했으니까 언제든 찾아갈 수 있었고, 가족 중 누군가가 대신 수령해 갈 수도 있었으니까.

박 차장에 대한 소식을 알게 된 건 그 무렵이었어. 그는 날 K 은행의 소굴 속으로 밀어 넣은 후 한 번도 나타난 적이 없었거든. 그는 내게 말했던 대로 갈 곳이 있었어. 거래처였던 조선회사 경리과로 들어간 거야. 그가 아니었으면 법정관리고 뭐고 바로 파산했을 회사 말이지. 그렇다고 직원 중에 그를 비난하는 사람이 있었다는 것은 아니야. 무리한 대출이었지만 덕분에 그 회사는 정상궤도에 올랐고, 그는 전 지점장과 달리 우리가 집단으로 행동할 때나 그 뒤에나 여러 가지로 우리의 처지를 걱정해 주었거든. 하지만 지금 생각하니 그게 얄팍한 처세술의 표본인 것 같아. 우리 사회는 곧잘 그런 사람들을 인정해 주는 분위기거든.

아, 그러고 보니 잊고 있었던 사람이 있어. 청원경찰 윤 씨인데 그는 나보다 일주일가량 먼저 출근해서 은행을 지키고 있었어. 우리 은행에 있었을 때의 윤 씨는 어땠냐 하면 일과시간에는 매장을 왔다 갔다 하고 정각 6시만 되면 어김없이 퇴근했어. 그리고 회식이 있을 때는 무슨 이유를 대서라도 빠졌기 때문에 가까워질 기회가 별로 없었어. 특별히 눈에 뜨이지도 않았고 말이야. 그는 시를 쓴다고 했는데 한 마디로 늘 자기 일에만 묵묵히 열중한다, 그런 인상이었지. 그런데 말이야. 은행이 잘 굴러갈 때는 있는 듯 없는 듯하던 그가 은행이 위기에 닥치자 확 변했었어. 눈에 확 뜨였다고 할 수 있지. 그가 없으면 모든 업무가 마비될 듯이 그렇게 적극적으로 행동했었거든. 기사를 자청해서 차를 몰기도 하고, 아침마다 역까지 지점장을 데리러 가고 말이지.

처음 그 친구를 보았을 때의 반가움이라니! 나를 보자 그도 원군을 만

난 것처럼 반가워했어. 그때부터 우리는 뭔가 통한 것 같아. 그날 그는 아줌마가 할 청소까지 도맡아 하고 있었는데 첫날은 사무실이 정말 엉망이었다는 거야. 매장 바닥은 흙투성이고, 휴지통은 넘치고, 화장실에는 오물이 가득 차고 말이야. 그걸 본 그의 기분이 어땠을까. 아마 공수부대에 도시를 내준 광주시민의 것과 다를 바 없었을 거야. 아무튼 그는 다른 사람의 도움을 전혀 받지 못하고, 땀을 뻘뻘 흘리며 말끔히 청소해낸 거야… 하긴 그럴 수밖에 없었을 거야. 그는 일흔이 넘은 노모를 모시고 있는데다가 아들과 딸이 나란히 대학에 다니고 있었으니까.

합병작업은 그런대로 순조롭게 진행되었어. 그리고 나는 은연중 잘만 하면 살아남을 수 있을 것 같다는 생각이 들기도 해서 최선을 다하고 있었어. 하지만 그런 때가 늘 위험한 법이야. 기분이 최고일 때 조심해야 하는 건데. 그렇지만 나로서는 어찌할 수 없는 그런 사건이었어. 우리로서는 대단히 귀중한 고객인 김밥 할머니가 은행 파산 소식을 듣고 자신의 예금을 찾으러 왔는데, 합병 전 창구를 담당했던 김 양이 컴퓨터 조회를 하고 원장을 뒤적이다가 그 돈이 이미 출금된 사실을 알게 된 거야. 김밥을 말면서 평생을 독신으로 살아온 할머니는 잔고가 없다는 김 양의 말에 거의 까무러칠 지경이었어.

"그기 먼 소리고! 난 죽어도 돈을 찾아간 적이 없다카이!"

순식간에 객장은 아수라장이 되었어. 나도 김밥 할머니를 잘 아는 처지라 원장과 청구서철을 살펴봤어. 그런데 이게 웬일인가. 돈을 한 푼도 찾아가지 않았다는 김밥 할머니의 본인 도장이 불과 한 달 전 날짜 청구서에 날인되어 있더라고.

사실을 밝혀내는 데는 그리 오랜 시간이 걸리지 않았어. 왜냐하면 청구서의 필적이 요즈음 통 볼 수 없었던 조 대리의 것이었거든. 아, 그래서 그랬구나! 난 순간적으로 조 대리의 안위를 걱정하던 김 양의 얼굴을 훔쳐보았어.

난 인수팀의 노 과장에게 사건의 개요를 설명했어. 조 대리가 온라인계 담당이었으며 지금껏 위로금도 찾아가지 않아 얼굴을 보지도 못했다고 말이지. 곧 비상이 걸렸어. 아직 미혼인 채 하숙집 신세를 지고 있던 그였는지라 하숙집 주인에게 전화를 걸었더니 너저분한 짐은 내팽개쳐둔 채 한 달이 넘도록 들어오지 않아 마침 은행으로 문의하려던 참이었다나. 이건 예삿일이 아니다 싶어 경찰에 신고했더니 다음 날 연락이 오기를 지난달 17일 오후 여섯 시 비행기 편으로 태국 방콕으로 출국했다는 거야. 그거야말로 신문지상에 올라 독자들의 눈을 휘둥그레지게 만들 고객 예탁금 횡령사건이었지.

그런데 그 사건의 진상을 알게 된 김 양의 얼굴이 금방 흙빛으로 변하더니 뒤도 돌아보지 않고 화장실로 달려가는 거야. 그제야 청원경찰 윤 씨가 내게 귀띔하더군. 조 대리와 김 양 관계가 예사롭지 않았다고 말이지. 그 새끼, 합병설이 나돌자 고객 예금을 난짝하고 김 양에게까지 사기를 치고 도망친 거야. 그놈 그 돈 가지고 평생 배 두드리면서 잘 살까. 모르지. 신이 누구 편인 줄 모르지만 이 땅에는 부정한 짓으로 돈을 벌고 떵떵거리는 사람들이 많으니까.

그 바람에 합병작업은 더더욱 까다롭고 치밀하게 전개되는 바람에 중간에 끼인 나만 죽을 맛이었어. 하지만 다행스러운 것은 김밥 할머니의 6억 2천만 원 횡령 사건 말고는 다른 사고가 없었다는 거야.

한 달 가까이 걸려 작업이 거의 마무리되자, 팀장은 본점으로 돌아가고 새 지점장이 부임했어. 1차로 내려진 새 체제의 인사발령이었지. 하지만 윤씨와 나는 아직도 미발령인 채였어. 그러면서 은행 업무가 정상궤도에 진입하게 되었는데 남은 일은 보존연한이 지난 문서는 폐기하고 그렇지 않은 것은 K은행 중앙지점으로 이송해야 하는 것이었어. 그래서 보충된 직원, 청경 할 것 없이 모두 달려들어 서류분류 작업에 투입되었어. 그런데 그게 보통 일이냐구? 곰팡이 냄새가 나는 창고를 모조리 뒤져야 하는 일인데. 그러면서 사무실 집기도 모조리 K은행에 넘겨졌는데 의자 하나에 십 원, 금고 하나에 만 원 하는 식이었는데 정말 기가 막히더군. 그게 전리품인가 말이야.

그런데 한 달 간 그 작업을 하던 중에 K은행 직원이 지껄이던 말이 귀에 거슬리더라구. 카드전표나 고객관리카드, 청구서 등의 정리를 그따위로 할 수 있냐는 거였어. 한두 번도 아니고 말이지. 그럴 때 내 얼굴이 어떻게 되었겠어. 거울을 보지 않아도 알 수 있었지. 창피와 굴욕감에 일그러진 그 표정을. 물론 그것들이 모두 내 업무는 아니었어. 하지만 그게 어디 그래, 나는 우리 은행을 대표하고 있었는데. 난 감히 변명도 못했지. 그동안 나나 우리 행원들이 안일하게 일해 온 증거가 눈앞에 있었으니까. 그렇지만 우리가 할 일도 제대로 하지 않고 봉급만 축내면서 허공에 붕 뜬 채 살아온 것만은 아니지 않나. 사실 우리 은행과 K은행은 취급하는 업무방침이 달랐거든. 후발업체인 우리 은행은 감사에 대비한 장부정리 같은 것에 매달리기보다 돈 한 푼의 이익이라도 올리기 위해 주력해왔던 게 사실이었으니까. 한 가지가 더 있어. 우리은행은 K은행과 달리 서민들의 가계자금을 전담하는 은행이 아니었어. 중소기업은 상대로 한 은행이었다구. 자, 가만 생각해 봐! 가계 자금 꼴랑 얼마 내 주면서 보증인 세우고 집문서 잡는 데 돈을 떼이면 얼마나 떼이겠냐구? 우리와는 정말 딴판이었지. 우리는 그런 좀팽이와는 좀 단위가 다른 세계에 살았거든. 비록 외환위기로 인해 중소기업이 무더기로 도산하면서 초상이 나버리고 말았지만 말이야.

지금 생각해 보면 세상은 순리대로 흘러가는 것만은 아닌 것 같아. 우리 은행은 전세자금이나 주택자금 같은 것을 갈구하는 서민들에게 아예 문턱을 넘지 못하게 하거나 해서 울린 적은 없었어. 인간적이고 양심적이면 깨어지기 마련인가 봐. 좀 치사한 말 같지만 K은행이 지금껏 살아남은 것은 직원들의 임금을 착취한 덕분이잖아. K은행의 월급이 다른 은행에 비해 얼마나 적었는지 넌 알 거야. 나도 K은행에 있다가 넘어온 사람을 알고 있어. 장 대리 말이야. 박봉을 견디다 못해 우리 은행이 문을 열 때 넘어왔거든. 그러니까 지금 희희낙락하고 있는 K은행 녀석들은 무지랭이인지도 몰라. 그렇다고 성실하고 진득한 사람이 없다는 것은 아니야. 어느 곳에도 그런 사람은 있기 마련이니까 말이야. 어쨌든 지금 장 대리는 땅을 치고 통곡하고 싶을 거야. 적은 봉급에 만족하며 K은행에 눌러앉아 있었더라면 하루아침에 내몰리는 짓을 당하지는 않았을 테니까 말이야.

자네는 군대식으로 아침조회를 하는 은행 이야기 들어봤나. 아마 못 들어봤을 거야. 나도 그 때까지는 본점의 시그널에 따라 애국가와 은행가를 부른다는 은행에 대해 들어보지 못했으니까. 그런데 K은행이 바로 그런 곳이야. 하긴 K은행은 가히 정부의 은행이라고 할 수 있고, 은행원들은 자신들이 공무원이 아닌가 혼동하고 있을 정도였으니까 말이지. 난 그것들이 영 마땅치가 않아. 우리 은행과는 비교도 안 될 만큼 덜 떨어진 은행이 어떻게 지금까지 경쟁사회에서 도태되지 않고 살아남았는지 궁금할 지경이라니까.

지점장에 대해서도 한 마디 해야겠어. 그 좁쌀 같은 놈 말이야. 이것은 결코 내가 상사에 대한 존경심이 없기 때문만은 아니야. 난 정말 그런 겁쟁이는 처음 보았어. 소심해서 아주 작은 일을 가지고도 부하직원들을 나무라는데 어떤 때는 보기가 민망할 지경이었어. 자, 들어 봐! 어떤 일이 있었는 줄 알아? CD기가 몇 번 정지하자, 아예 담당과장의 보직을 박탈하겠다고 으름장을 놓더라니까. 좋다, 좋다 이거지. 누구나 사람은 나이가 들면 아랫사람이 고분고분 복종할 것을 바라게 되니까. 그리고 권위주의라는 것도 결코 나쁜 것만은 아니지. 그것도 한 때는 좋은 이념이었어. 하지만 사회가 민주화되는 만큼 경쟁은 더욱 치열해지는데 구시대의 관념을 가지고 부하를 대하면 어쩌겠다는 것인지. 그러면서 나는 지점장과 직원들 사이에 생긴 불화를 고소하게 지켜보고 있었어. 불화가 커져서 그것이 전국의 K은행으로 전파되면 아무리 튼튼한 은행이라도 무너질 수밖에는 없을 테고 그러면 떠났던 우리 동료행원들이 돌아올 것 같은 상상이 들었거든. 물론 이건 어린애 같은 상상이지. 하지만 눈앞에서 일어나는 것만이 아니라 사람 머릿속에 떠오르는 것도 현실이라고 생각한다면 그런 일이 일어날 수도 있지 않겠어.

참, 인수작업이 끝나갈 즈음이었어. 지점에서는 야외에서 회식을 한 번 갖기로 했어. 그간의 노고를 위로한다는 지점장의 말이 있고 나서 말이지. 지금 생각해 보면 그 때는 왜 그렇게 회식이 많았는지 몰라. 인사이동이 잦고 업무가 폭주하던 때였기 때문이었는지도 모르겠어. 그 날 업무가 끝나자마자 우리는 각자 자동차에 나누어 타고 척과천엘 갔어. 물가에서 캠프파이어라도 할 셈이었지. 분위기는 정말 괜찮았어. 자동차 전조등이 비추는 가운데 물소리가 음악처럼 들렸으니 말이야.

술이 몇 잔 돌았나. 개울물 소리가 크게 들리며 머리가 빙빙 도는 것이 기분이 아주 좋아지더군. 모닥불은 활활 타오르고 말이지. 그 때 누군가 돌아가면서 노래를 한 곡씩 하자고 제의하더군. 반주도 없는데 웬 음악이냐구? 그건 아니었어. 분위기가 아주 달짝찌근한 것이 그만이었다니까. 그러다가 내게 문득 떠오른 사람이 장 대리였어. 챙모자를 쓴 채 고물 리어카를 끄는 모습이었지. 장 대리는 고물상을 인수했다고 했거든. 그 순간 눈물이 날 것 같았어. 꼭 내 잘못인 것 같고 말이지. 다른 직원들의 모습도 떠올랐어. 시간이 지나면서 하나 둘 일자리를 찾아 들어갔는데 마을금고에 취직한 사람도 있었고, 회사에 들어간 사람도 있었어. 은행보다 좋다고는 할 수 없지만 그나마 다행이 아니겠어. 주변 사람들이 일자리를 찾아 거리를 헤매고 있다는 소식은 정말 견디기 힘든 노릇이거든. 특히 일자리를 구하지 못해 안달이던 강남지점 서 대리는 증권회사에 차장으로 임명되었다고 했어. 아무렴, 전화위복이라고 전보다는 높은 직급이었어. 그러고 보면 자신의 자리를 지키기 위해 버둥거리는 것처럼 어리석은 짓도 없는 것 같아.

옹기종기 모여 고기를 구워 먹고 난 다음 정말 재미있는 일이 일어났어. 누군가의 제의에 따라 어깨동무를 하고 집단 춤을 추기 시작했는데 정말 엉터리 같은 춤이었지. 우리는 원시시대로 돌아가 마구잡이로 몸을 흔들고 꽥꽥 고함을 질러댔어. 나도 빠지지 않았지. 연거푸 떠오르는 동료들의 얼굴을 잊기 위해 노래를 부르고 춤도 추었지. 그렇게 한바탕 춤을 추고 나니까 기분이 말끔히 가라앉았는데 다른 사람들도 그 때문에 광란의 소용돌이에 빠져드는가 봐. 평소의 체면이나 예의 때문에 토해 놓지 못했던 숨을 그렇게라도 풀어놓지 않으면 누구든 살아남을 수 없을 테니까. 하여튼 그 날 난 집으로 돌아오면서 이제야말로 K은행의 일원이 되었다는 자신감이 붙었어. 옛 동료들에게는 미안했지만 다시 은행 밖으로 몰리는 신세가 되지 않아도 된다는 안도감이 느껴진 거지.

하지만 아직 정식발령을 받지 못한 상황이었기 때문에 안심할 단계는 아니었어. 어쩌면 난 인수작업용이고 일이 마무리되는 대로 용도폐기될 수 있었거든. 그렇지만 난 그런 눈치 보이지 않고 그저 할 일만 묵묵히 했어. 누가 뭐라고 하든, 누가 어찌 하든 성실한 자의 자세란 바로 이런 것이라, 라고 말이야. 윤씨도 여전히 열심히 일하는 자의 자세를 보여주고 있었는데 예전처럼 친절하게 고객의 안내를 맡고 있었지.

그렇게 2개월이 지났어. 인수작업은 완전히 끝나고 나는 K은행 직원이 되기 위한 마지막 절차를 기다리고 있었어. 본점에서 팩스를 통해 내려 보낼 인사발령 공문 말이야. 약간 떨리기는 했지만 대학시험을 치를 때나 입사 면접시험을 볼 때만큼은 아니었어. 다들 나와 김 양, 윤씨의 발령을 의심하지 않고 있었으니까 말이지.

그 날 오전을 어떻게 보냈는지 몰라. 일이 손에 잡히지 않아서 객장을 서성거린 것도 같고 자주 요의를 느껴서 화장실을 들락거린 것도 같아. 그러면서도 전화벨 소리가 나면 귀를 쫑긋 세웠는데 다음에 이어질 딸깍하는 소리를 잡아보려고 했던 거지. 하지만 오전 내내 팩스는 들어오지 않았어.

그런데 팩스에 귀를 기울이는 사람은 나뿐만이 아니었어. 객장을 오가며 고객들을 안내하던 윤씨도 마찬가지였어. 고객에게 무언가 말을 하다가도 벨소리만 들리면 팩스 쪽으로 고개를 돌렸으니까. 그런 그를 보며 당신은 분명 발령이 날 거야, 라고 난 말해주고 싶었어. 사실 그가 발령 나지 않을 이유는 없었어. 그는 누구보다도 우리 은행에 근무했던 것에 대해 자유로웠고, 고객과 안면이 넓었기 때문에 K은행에 꼭 필요한 사람이었거든. 또 한 사람, 김 양도 그랬어. 그녀도 전화벨 소리만 들리면 하던 동작을 잠시 멈추었어. 그러다 고객으로부터 잔소리를 듣기도 하고, 잔돈을 잘못 내주어서 고객의 항의를 받기도 했어. 하지만 그녀도 K은행이 꺼릴 상대는 아니었어. 그녀는 은행생활을 시작한 지 얼마 안 돼 새 체제에 적응하기 쉬웠고 호봉수도 그다지 높지 않았으니까 말이지.

화장실에 가서 담배를 피우고 있는데 휴대폰이 울리더라구.

"어떻게 됐어?" 발령 소식을 기다리던 아내가 견디다 못해 전화를 한 거였어.

"글쎄, 기다리는 중이야." 그 순간 발령이 났다고 말할 수 있으면 얼마나 좋을까 생각하면서 난 이렇게 말했어.

"발령 나면 전화해 줘." 아내의 말에 난 그러마고 했지. 그런 뒤 객장으로 돌아오려는데 정오를 알리는 괘종소리가 들렸어. 그날따라 그 소리가 왜 그리 크게 들렸는지 몰라. 마치 교회당의 종소리 같았어. 아무튼 점심시간이었어. 그런데 직원들이 하나 같이 자리에 앉아 움직이지 않는 거야. 다른 때 같았으면 종을 치기도 전에 반수의 행원이 자리에서 일어났을 텐데 말이지. 하긴 이번 발령이 그들과도 상관이 있기는 했어. 지점간의 발령이기는 했지만 말이야.

"좀 늦네." 내가 자리에 앉자 뒤에 앉아 있던 노 과장이 그러더군. 난 별 생각 없이 예, 하고 대답한 후 환시세판을 뚫어지게 쳐다보는 척했어. 언제쯤 달러 대 원화 환율 1400원 대가 무너지나 골똘히 생각하는 것처럼. 그런 뒤 CD기로 눈을 돌리려는데 뒤에서 전화벨이 울리는 거야. 하지만 전화벨 소리 뒤에 딸깍 하는 소리, 종이가 말려 올라가는 소리가 들릴 줄은 몰랐지. 그냥 업무적인 전화거니 생각했던 거야. 그런데 바로 그 게 발령을 알리는 팩스였던 거야. 가장 가까이에 있던 노 과장이 팩스기 앞으로 달려갔어. 그 순간 난 속으로 부르짖었어. 이제 발령이다, 발령! 그러자 가슴이 쿵쾅거리기 시작했어. 난 노 과장의 움직임을 하나도 빼놓지 않고 캠코더를 찍 듯 보았어. 허리와 팔의 움직임, 발을 움직이는 위치까지 말이지. 그런데 공문을 한 장 뽑아 든 노 과장이 날 힐끔 쳐다보는 거야. 그 때 그가 어떤 표정을 짓고 있었는지는 잘 모르겠어. 다만 그 모습이 내게는 아주 흐릿하게 보이고 가슴 밑바닥에 숨겨 두었던 절망의 단추를 눌러 주었다는 거야.

내 예상은 빗나가지 않았어.

"이거 어떻게 된 거지? 난 자네 이름이 있는 줄 알았는데." 어쩔 줄 몰라하는 노 과장의 말에 난 가슴이 쿵 내려앉는 줄 알았어. 그럴 줄 알았어. 나는 억세게 운이 좋은 놈은 아니었거든. 그런데 나만 발령이 나지 않은 것은 아니었어. 김 양도 마찬가지였어. 그 순간 내게 어떤 놈의 얼굴이 떠올랐겠어? 바로 조 대리, 그 놈이야. 녀석이 모든 일을 망쳐놨다는 생각이 든 거지. 그 순간 난 쥐새끼 같은 그 놈의 꼬리를 잡고 머리 위에서 몇 바퀴 돌린 후 바닥에 내팽개치고 있었지.

얼마 후 난 못내 아쉬워하는 청원경찰 윤씨와 악수를 한 후 김 양과 은행 밖으로 나왔어. 짐이라고 할 건 없었어. 그저 몸만 가지고 나오면 되었지.

"김 양, 조 대리와는 어찌 됐어?" 은행을 나오면서 무심코 김 양에게 물었는데 그건 실수였어. 조금 전부터 눈물을 글썽거리던 김 양의 울음보가 터져 버렸거든.

"난 정말 그럴 줄 몰랐어요. 난 이제 어떡하면 좋아요." 이 말을 듣자 정말 화가 나더군. 그래서 난 그 놈을 향해 고래고래 욕을 퍼부었지. 천하에 죽일 놈 하면서 말이지. 그런데 계단을 내려서는 순간 갑자기 머리가 띵하더니 바로 그 착각이 또 일어난 거야. 내가 언젠가 은행 앞에 서서 누군가를 향해 욕을 퍼붓고 있었다는 생각이 든 거야. 갈색 양복을 입고 가방을 든 채 말이야.

조금 뒤 정신을 차린 나는 입술을 만져본 후 하얀 구름이 낀 하늘을 쳐다보았지. 혹 누군가가 나를 내려다보고 있는 게 아닌가 싶어 말이야. 물론 그 누구도 없었지. 아이를 안고 있는 듯한 어머니나 자애로운 미소를 띤 신과 비슷한 것은 보였지만 말이야. (끝)

매직을 훔친 아이

매직을 훔친 아이

느닷없는 선생님의 호출에 나는 어리둥절했다. 무슨 일일까. 어머니랑 장에 가야 하는데. 이미 등을 보이고 마당을 걸어가는 꼬맹이에게 물어보았지만 녀석은 말을 전할 뿐이라고 했다. 어쩌면 좋지? 난 어머니의 골골이 주름진 얼굴을 흘낏 쳐다보았다.

"빨리 갔다 와! 장에 같이 가려면."

토방에서 마당으로 내려설 때 처마 끝에 매달려 있던 고드름이 툭 하고 머리 위로 떨어졌다. 아야! 나는 머리를 만지며 걸음을 옮겼다. 이제 일 주일만 있으면 졸업이었다. 그러니 선생님은 내게 이래라 저래라 명령할 수도, 무엇을 잘못했다고 벌을 줄 처지는 아니었다. 하긴 일주일이 남았으니까.

"능글거리지 말고 어서 갔다 와! 빨리 안 오면 혼자 갈 테니까."

마당 한가운데는 녹은 눈으로 인해 질척거렸다. 내가 가장자리를 골라 걸어가고 있을 때 어머니의 말이 들려왔다. 설마 매직 한 자루 집어온 것 때문에 그러는 것은 아니겠지. 며칠 전 나는 수업이 끝난 후 문에 자물쇠를 채우기 전에 선생님 서랍에 있던 파란 매직을 하나 들고 나왔다. 내내 벼르던 끝에 취해진 행동이었다. 그것은 파란 뚜껑에 약간 뭉툭한 붓이 달리고, 끝부분의 좁은 테두리는 세로 빗금이 그어진 것이었다. 그것을 처음 보았을 때 머릿속이 온통 파도가 치는 푸른 바다로 메워졌다.

그런데 그 매직을 생각하자, 다시 내 머릿속이 파랗게 변했다. 곡물 창고와 공터 아이들이 모두 색안경을 썼을 때처럼 파랗게 변색되었다. 넓은 공터에는 십여 명의 남녀 아이들이 모여 징 놀이를 하고 있었다. 이들은 문짝을 지키는 쪽과 상대편을 공격하는 쪽으로 나뉘어졌는데 점수가 올라가는 것은 간단했다. 상대 문짝에 손을 짚으며 징, 하고 외치거나, 그런 아이의 손이 문짝에 닿기 전에 몸 어딘가를 건드리기만 하면 되었다. 그러고 보면 징 놀이는 문짝을 지키는 아이나 상대 문짝을 넘보는 아이 모두에게 공평한 놀이였다.

그 때 징! 하고 상대편 문짝에 손을 짚으려던 아이가 그것을 지키던 아이에게 걸렸다. 그 아이는 터덜터덜 자신의 문짝을 향해 걸어가고 있었다. 그 아이는 문짝을 지키며 점수를 모아야만 다시 공격에 나설 수 있었다. 그런데 그 모습이 내게는 낯설지 않았다. 언젠가 기악시간에 큰 북을 맡았다가 재능이 없다는 이유로 선생님께 쫓겨 들어와 이십 센티 대자로 캐스터네츠 소리를 내던 나와 닮아 있었다. 이제 다시 하면 잘할 수 있겠다는 생각이 들었다.

아이들은 내가 호출 받은 사실을 모를 거야, 문득 이런 생각이 들었고 아이들과 저만치 떨어져 있는 내 모습이 떠올랐다. 다시 아이들 속으로 들어갈 수 없으면 어쩐다지? 그런 걱정이 들자 나는 누군가에게 이 사실을 알려주고 싶어졌다. 하지만 나는 곧 고개를 저었다. 아이들 중 어느 누구도 도와 줄 녀석이 있을 것 같지 않아서였다. 그 전에도 그랬다. 호되게 꾸지람을 하고, 귀찮게 잔소리를 하는 부모님을 떠나 먼 곳으로 달아나고 싶을 때도 속내를 털어놓을 친구를 발견하지 못했다.

공터를 지나면서 걸음이 느려졌다. 그럼에도 내 발길은 가야할 방향을 아주 잘 알고 있다는 듯 학교에서 조금도 어긋나지 않았다.

처음 담임선생님을 만난 것은 5학년 때의 일이었다. 그는 다른 선생님보다 약간 늦게 부임해 왔는데 머리를 뒤로 쓸어 넘기지 않으면 얼굴을 가릴 정도로 긴 머리를 가지고 있었다. 그리고 눈은 아주 작은 데다 심하게 깜빡거렸다. 그것을 볼 때마다 아이들은 속으로 낄낄거리곤 했는데 선생님을 비웃으려는 의도는 아니었다. 감히 선생님을 비웃다니! 그것은 그 당시 아이들에게는 있을 수도 없는 일이었다! 아이들은 어쩌면 그렇게 빨리 눈을 깜빡일 수 있을까 감탄의 눈으로 그것을 보았었다.

해맑은 듯 뽀오얀 얼굴의 선생님은 성격도 깔끔했다. 시시때때로 이곳이 더러우니 걸레로 닦으라든지 커튼을 빨라는 주문을 했고, 아이가 옷을 더럽게 입고 나타나면 곧바로 집으로 돌려보내 깔끔한 옷으로 갈아입고 오게 했다. 나도 예외일 수는 없었다. 얼굴이 검었던 나는 늘 선생님으로부터 오늘 세수했니? 라는 말을 들어야 했다. 그리고 용의검사 때는 매번 때가 많다는 소리를 들었다. 엄하기는 또 얼마나 엄했는지 모른다. 수시로 반 전체 아이들이 낚싯대에 청 테이프를 감아 만든 정신봉 아래 손이나 엉덩이를 갖다 대기 위해 길게 줄을 서곤 했다. 그 때마다 다음, 다음 하는 소리와 함께 탁탁 먼지 터는 소리, 아이들의 울음소리가 들렸다.

난 그 때까지 그렇게 정열적인 분을 담임선생님으로 모신 적이 없다.

열 두세 살이 되도록 책을 읽지 못하던 아이들에게 책을 읽게 만들었고 구구단을 외게 만들었다. 그것만이 아니었다. 중학교 배치고사 때 좋은 성적을 올리도록 손수 등사를 해서 모의고사를 실시해 오고 있었다.

간혹 신문이나 주간잡지를 읽어주는 수도 있었는데 난 그것을 통해 생소하기 그지없었던 독재자라는 단어와 말굽에 벌겋게 달아오른 편자를 박는 것을 연상시키는 낙인이라는 단어를 알게 되었다. 선생님이 그것을 읽어 나가던 구절 중에 이승만 대통령은 국제적으로 독재자라는 낙인이 찍혔다는 내용이 있었던 것이다. 그런가 하면 사형수가 죽기 전에 어머니의 귀를 물어뜯었다는 내용도 읽어 주었다. 그 때 나는 도둑질을 잘했다고 추어 줄 부모가 세상 어디에 있을까 싶어 이상했었다. 우리 부모님은 인색했지만 잘못된 도덕을 가르치지는 않았기 때문이다.

공터를 통과한 나는 작은 다리 위에서 개울을 내려다보았다. 평소에 거의 물이 흐르지 않는 그곳에는 나뭇가지나 돌멩이, 아이들이 버린 라면 봉지가 널려 있었다. 눈을 들어 모포기가 깜부기처럼 꺼멓게 선 논을 가로지르자, 밤나무 밑에 숨은 네댓 채의 집들이 보였다.

현우 녀석도 지금 호출을 받고 오는 중일까. 나는 밤나무 아래 숨은 한 채의 기와집을 보며 빨간 사발시계를 녀석으로부터 뺏어오던 때를 생각했다. 그 날은 얼마나 통쾌했던가. 난 그 때 처음으로 현우와 경쟁을 할 수 있게 되었다고 느꼈었다.

그렇다고 우리 사이가 늘 나빴던 것은 아니었다. 우린 성격적으로 보면 반대편 서 있었기 때문에 서로를 잘 살필 수도, 이해할 수도 있었다. 잠깐이었지만 우리는 공기놀이를 하기도 했고, 삶은 계란을 까먹기도 했다. 하지만 우리 사이에 나타난 한 여자아이가 우리를 갈라놓았다. 둘이

서 한 여자아이를 좋아한다는 것을 먼저 눈치 챈 현우가 이런 제의를 한 것이다.

"우리, 돌아앉아서 좋아하는 여자 친구 이름을 써보기로 하자, 어때?"

"좋아!"

나와 현우는 돌아앉았다. 나는 차마 여자아이의 이름을 쓰지 못해 쪽지에 미스 김, 이라고 적었다.

"자, 이제 같이 펴 보자!"

이렇게 말한 현우가 하나, 둘 셋을 셌다. 우리는 동시에 쪽지를 펼쳤다. 그런데 현우의 쪽지에는 아무 것도 쓰여 있지 않았다. 현우가 나를 속인 것이었다. 결국 그 일로 인해 나와 현우의 관계는 예전으로 돌아갔다. 그리고 6학년 내내 나는 선생님의 사랑을 독차지한 현우를 부러운 마음으로 지켜보아야 했다.

문득 이른 아침 아무도 오지 않는 교실 문 앞에 서 있는 내 모습이 떠올랐다. 거의 2년 동안 나는 하루도 빼지 않고 US라고 새겨진 금색 몸통에 은색의 고리가 달린 자물쇠를 열고 잠갔다. 그 때마다 나는 도대체 US의 뜻이 무엇일까 생각했었다. 열쇠 당번 같은 것은 한다고 하는 게 아니었어! 나는 1년 동안 열쇠당번을 한 것도 모자라 6학년이 되어 '선생님에 대한 바램'이라는 쪽지를 적을 때 다시 열쇠당번을 하고 싶다고 했었다. 정말 괜한 짓이었다.

나는 정문으로 가지 않고 두 채의 관사사이로 난 사잇길을 택했다. 그간 그 길을 지날 때마다 얼마나 숨죽여 걸었는지 모른다. 금방이라도 그곳에 사는 선생님이 뛰어 나올까봐 한 발 두 발 조심스럽게 떼었다. 물론 아주 잽싸게 그곳을 통과하는 아이들도 있었다. 하지만 그것이 늘 문제였다. 관사 사이의 좁은 공간은 악기의 공명통처럼 아주 작은 소리도 크게 되돌려주었기 때문이다. 그래서 관사에 사는 선생님은 개를 한 마리 들여놓았고 아이들은 선생님보다 개가 무서워 그 길을 피해왔다. 그렇지만 난 지금 어느 것도 두렵다는 생각이 들지 않았다.

5학년 교사로 쓰이는 목조건물과 변소가 동시에 들어왔다. 목조건물은 일주일 후 졸업식 때 사용할 건물이다. 평소에는 칸막이로 인해 두 개의 반이 되지만 그것을 틔우면 전교생이 모두 들어갈 수 있는 강당이 되는 것이다. 담임선생님은 그 건물에서 공부했던 5학년 때도 아이들을 때렸고 건물을 옮긴 후에도 그랬다. 다시 그 황금색 열쇠가 떠올랐다. 처음 어떻게 해서 열쇠당번을 했는지 잘 기억이 나지 않았다. 아마 내가 학교에서 가장 가까운 곳에 살고 있고 담임 선생님이 윗집에서 하숙을 했기 때문일 거야. 그 때 선생님의 제의를 거절했더라면 얼마나 좋았을까. 그랬더라면 서랍에 있던 매직을 훔치지 않았을 것이고, 지금 호출을 받지 않아도 되었을 것이다.

5학년 교사와 6학년 교사는 콘크리트 댓돌로 연결되어 있었다. 아이들이 이 교사에서 저 교사로 우르르 이동을 할 때, 선생님이 슬리퍼를 신은 채 교무실에서 곧바로 올 수 있도록 만들어진 것이다. 그러다가 결국 나는 피하려고 애쓰던 왼쪽으로 고개를 돌렸다. 5학년과 6학년 아이들이 사용했던 변소가 그 곳에 있었다. 남쪽과 북쪽에 남자아이들이 일자로 줄을 서서 소변을 볼 수 있는 소변대가 있는데 날씨가 따뜻해지면 암모니아 냄새가 코를 찔렀고, 몸에 주름이 잡힌 하얀 구더기들이 기어다녔다. 동편과 서편으로 나누어진 변소도 사정은 마찬가지였다. 그곳은 변을 보고 재를 덮는 집의 변소보다 나을 게 하나도 없었다.

이윽고 6학년 교사 출입문이 눈앞에 나타났다. 그곳에 대여섯 명의 아이들이 모여 있었다. 그렇다면 나 혼자 호출을 당한 것은 아니었구나, 생각하자 좀 안심이 되었다. 더구나 그 가운데는 현우도 있었다.

"너도 왔니?"

얼굴에 주근깨가 박힌 현우의 말에 나는 고개를 끄덕거렸다. 다른 아이들과도 몇 마디 말을 주고받았다.

"무슨 일인데 그래?"

나는 능청스럽게, 딱히 누구라도 할 것도 없이 물었다. 그런데 이번에도 현우가 나서서 비밀 얘기라도 하듯 낮은 소리로 귓전에 대고 말했다. 글쎄 어떤 놈이 선생님 서랍에 있던 돈을 훔쳐갔대. 순간 나는 화가 치밀었다. 다들 알고 있을 텐데 내 귀를 빌려 말하려는 녀석을 이해할 수 없었다.

"무슨 일이냐니까?"

내가 못들은 체 하자, 현우가 큰일이라도 난 것처럼 호들갑을 떨었다.

"선생님 서랍에 넣어 놓았던 돈이 없어졌대."

"돈?"

내 말에 다른 아이들도 그렇대, 라고 제각기 대답했다. 나는 놀란 눈으로 이들에게 되물었다. 현우의 말이 이어졌다.

"선생님이 우리한테 졸업 기념으로 찍어준 사진 있잖아. 필름 값으로 모아두었는데 그것이 없어졌다는 거야."

"어떤 놈이 가져갔지?"

나는 이렇게 중얼거리며 아이들을 보았고 난, 아니라고 부정하는 눈들을 보았다. 선생님이 찾는 것이 사소한 매직 하나가 아니라 돈이라는 것에 다소 안심은 됐다. 하지만 속까지 후련해진 것은 아니었다. 어쩌면 선생님이 매직을 찾기 위해 일부러 돈을 잃어 버렸다고 한 것 같았기 때문이다. 지금이라도 솔직하게 고백하고 용서를 구할까.

"아마 도상이 그 놈이 훔쳐간 것 같아. 도상이 말이야."

과연, 현우였다. 금세 아이들의 얼굴이 밝아졌다.

도상은 개처럼 혓바닥을 늘어뜨리고 침을 질질 흘리는 녀석으로, 저보다 약한 녀석만 만나면 다짜고짜 달려들어 두들겨 팼다. 그래서 아이들은 도상만 보면 슬슬 피하게 되었는데 그것이 더욱 녀석의 비위를 건드렸다. 녀석은 도망치는 아이를 끝까지 쫓아가 살려달라고 할 때까지 두들겨 팼다. 그런 녀석을 경우 바른 어른들이 가만 내버려둘 리 없었다. 간담이 서늘할 정도로 나무랐는데 그것도 그다지 효과가 없었다. 녀석은 어떤 방법으론가 자신을 혼낸 어른에게 복수를 했다. 장독대를 깨기도 하고, 물건을 훔쳐가기도 했던 것이다. 그러면 어른이 취할 방도는 한 가지밖에 없었다. 도상의 부모를 찾아가 배상의 요구하고 자식 잘못 키운 죄를 묻는 것이었다. 하지만 그것도 소용이 없었다. 도상의 부모도 배상의 책임을 질 뿐 녀석을 어떻게 할 방도를 알 수 없었다. 나무라도 소용이 없었고, 죽도록 패도 그때뿐이었다.

그 때 한 아이가 발뒤꿈치를 들고 마룻바닥을 걸어 나왔다.

"반장 너 들어오래!"

지목된 현우의 표정이 굳어지는가 싶더니 금방 뾰족한 송곳니를 드러내며 웃었다.

"자, 갔다 올게!"

그 순간 나는 현우에게 녀석아 어서 털어 놔! 라고 말하고 싶은 충동을 느꼈다. 사실 현우는 친구들 앞에서는 젠체하지만 알고 보면 응석받이에다 이기적인 놈이었다. 현우 역시 발뒤꿈치를 들고 스무 발자국 정도 마룻바닥을 걸은 후에 교실 안으로 들어갔다.

아이들은 잠시도 쉬지 않고 불안한 눈동자를 굴리며 범인이 누구일지 질문을 주고받으며 도상이 범인일지 모른다는 의견에 접근해 갔다. 그날 도상이 학교에 있는 것부터 시작해서 교실 주변을 서성거리는 것을 보았다는 얘기들이었다. 나는 잠자코 있었지만 녀석들 중 누군가에게 매직을 훔쳐갔다고 말하고 싶은 것을 억지로 누르고 있었다. 선생님을 골탕 먹이기 위해 훔쳐갔다고 하면 믿어줄 것 같았기 때문이다. 하지만 나는 다른 아이가 들어가고 다시 나올 때까지 결정을 내릴 수 없었다.

이십여 분 흘렀을까. 교실에서 막 나온 아이가 들어가기 전과 다름없는 얼굴빛을 하고 나타났다. 난 그 얼굴이 말하는 바를 알 것 같았다. 그것은 말할 것도 없이 나는 무죄야, 라고 말하고 있었다.

"상수야, 들어가 봐!"

그 아이의 말에 난 약간 놀랐다. 어느 새 내 차례가 되었나 싶었기 때문이다. 나는 아이들의 시선을 의식해서 어깨를 쫙 펴고 약간 거만하게 마룻바닥을 걸어갔다. 그 때문에 마룻바닥이 울리며 미약하게 쿵 하는 소리가 났고 그 소리에 또다시 놀란 나는 마룻바닥 아래에서 어쩔 줄 모르고 웅크리고 있을 쥐를 떠올렸다.

마룻바닥은 아이들이 열심히 해온 청소 덕분에 깨끗했다. 그것을 보자 일 년에 몇 번씩 장학사가 온다고 할 때마다 벌어지던 분란이 생각났다. 그 때마다 학교에서는 아이들로 하여금 노란 물이 들여진 널빤지 위에 초를 문지르고 코카콜라 병으로 광을 내도록 시켰다. 그것은 공부하는 것보다 즐거운 일이었다. 아이들은 동네 한 바퀴나 파란 마음 하얀 마음 같은 노래를 즐겁게 부르며 한 줄로 늘어서서 널빤지를 문질렀다. 순간 내게 언젠가 느꼈던 아픔이 되살아났다. 그 날 수업이 끝난 후 나는 아이들과 함께 병으로 마룻바닥을 문지르다가 손바닥에 무엇이 쿡, 하고 박히는 느낌과 함께 말할 수 없는 고통을 느꼈다. 나는 서둘러 손바닥을 보았고 화살처럼 날카로운 거스러미를 발견했었다.

드디어 아침마다 열쇠를 꺼내 달그락거렸던 문 앞에 섰다. 언젠가 나는 이 문이 내가 처한 환경을 바꾸어 줄 마법의 문이라고 상상한 적이 있었다. 이곳을 통과하기만 하면 입고 있던 옷이 금빛으로 바뀌고, 몸은 울룩불룩한 근육이 꿈틀거리는 성인의 것으로 변할 것 같았다. 그리고 삼면이 모두 산인 마을에서 벗어나 파도가 치는 바다 위나 작열하는 태양 아래 서 있는 야자수 아래 서 있을 것 같았다. 나는 문고리를 잡은 채 얼마를 망설이다가 드르륵 문을 열었다. 그러자 지난 2년 간 나를 무던히 괴롭히고 한편으로는 범접할 수 없는 위엄을 지닌 선생님이 모습을 드러냈다. 그는 빨간 티에 청바지를 입고 책상에 앉아 내가 걸어오는 것을 유심히 지켜보고 있었다. 내 모습을 통해 드러날 범죄의 흔적을 발견하려는 것처럼. 순간 나는 그에게 당신의 눈은 이제 달라졌어요, 라고 말하고 싶어졌다. 과거 무수한 깜빡거림으로 우리의 찬탄을 자아냈던 눈은 이제 교활하고 의심 많은 여우의 것에 다름 아니었던 것이다.

나는 애써 그 눈을 무시하고 사뿐사뿐 걸어갔다. 귀신이 아닌 이상 그가 그 일을 알 리 없었다.

그러다가 문득 나는 양심의 부름을 받았다. 나로서는 알 수 없는 거대한 자가 머릿속에 나타나더니 고백을 강요하는 것이었다. 그러는 게 아니야! 이 말에 난 흥! 코웃음을 쳤다. 그러자 그 자는 나를 굴복시키기 위해 그동안 배웠던 정직에 대한 교훈을 끌어오기 시작했다. 그 중에는 선생님이 들려주었던 워싱턴과 벚나무라는 일화도 있었다. 하지만 나는 거기에 따를 생각이 없었다. 나는 어른들이나 선생님이 알려준 무미건조한 도덕에서 당연히 내가 그래야 할 이유를 발견한 적이 없었다.

오랫동안 나는 잘 버텼다. 선생님의 물음에 아주 침착하게 대답했다. 어제, 그제 어디에 있었는지를 정확하게 말했고, 수업이 끝나는 즉시 문을 잠갔다고 대답했다.

그런데 아주 잘 버텼다고 생각하는 순간 나는 보아서는 안 될 것을 보고 말았다. 조금 전에 내가 경멸했던 선생님의 눈을 본 것이다. 무시로 깜빡거리는 눈, 그것을 본 순간 나는 그것이 바로 양심이며 나로서는 당해 낼 재간이 없다는 것을 깨달았다. 내 입술이 달싹거리기 시작했고, 입이 열리기 전에 눈물샘이 열렸다. 당황한 나는 양심이라고 할 만한 것에 거세게 항의했다. 나는 앞으로 선생님이나 친구들의 얼굴을 볼 수 없게 될 거야. 난 여기 살기 힘들어진다구!

"아니, 상수야! 왜 우는 거야?"

정말 이 다음에 이어질 말을 선생님은 모르시는 걸까. 그렇다면 다행이지만 그건 아닐 거야. 알지만 모르는 체 하시는 걸 거야. 나는 혼란을 헤치고 나오려고 버둥거렸지만 이미 때는 늦어 있었다. 난 이미 수상쩍은 행동을 했고 거기에 대한 해명을 해야 했다.

"선생님, 제가 매직을 하나 훔쳤습니다."

"매직이라고?"

선생님의 놀란 표정이 의외임을 알려주었다. 순간 내게 그럴 필요가 없었다는 후회가 생겼다. 선생님은 짧은 신음을 토하더니 갑자기 맥이 빠진다는 듯 손을 내저었다.

"응, 그래. 그래, 좋아 알겠어. 나는 전혀 모르고 있었어. 그다지 중요한 물건이라고 생각지 않았으니까. 그리고 네가 달라고 했다면 그거 하나 정도는 줄 수 있었지."

나는 선생님의 충격이 얼마나 큰 것인 줄 깨달았다. 지금 선생님은 우리에게 베푼 사랑을 후회하고 있는 중이었다.

"너희들 졸업을 기념한다며 내가 찍어준 사진 알지?"

내가 그 사진을 모를 리 없었다. 그 때 나는 처음으로 포즈라는 것을 취하고 사진을 찍어 보았다.

"내가 필름 값이나 하려고 받아두었는데, 누가 그 돈을 훔쳐간 거야."

검은 비닐 잠바를 입고 잔뜩 인상을 쓴 내 모습과 좀 더 좋은 포즈를 취하기 위해 애쓰는 여자아이들의 모습이 떠올랐다. 다들 사진 찍는 것을 즐겁게 여겼고 나중에 그것을 보게 되면 얼마나 좋을까, 하는 말들을 했었다. 사실 어떤 선생님이 학교 구석구석을 배경으로 담아 제자들에게 추억으로 남겨주겠는가. 이런 생각을 하면서 나는 보이지 않는 도둑을 향해 화를 내고 있었다. 넌 정말 나쁜 놈이야!

"혹시 네가 매직을 가져갈 때 그것을 못 보았니?"

충격에서 벗어난 선생님이 내게 물었다. 나는 서랍을 열었을 때 매직 주위에 자주색이나 푸른색 지폐, 은빛이나 금빛을 발하는 동전이 있었는지 떠올려 보았지만 아무리 생각해도 그런 빛깔은 거기 없었다.

"못 보았습니다."

어쩌다 나는 선생님을 실망하게 할 생각을 했던가. 선생님이 현우에게

만 사랑을 주어서, 아니면 그동안 매 맞은 것에 대한 앙갚음으로? 아무리 생각해도 알 수 없었다.

"다시 말하지만 매직 같은 것은 내가 그냥 줄 수도 있었어. 그렇다고 그것이 잘한 짓이라는 것은 아니지만 돈에 한 번 맛을 들이면 헤어나지 못해!"

화난 듯한 선생님의 말에 나는 잔뜩 움츠러들었고 주위가 조용해지며 귀울음 소리가 크게 들리는 것을 느꼈다. 두 가지 행동 사이에 어떤 차이가 있을까, 선생님은 여전히 내가 한 짓에 화를 내고 있는 거야, 난 그렇게 생각했다. 그래서 일부러 매직을 훔친 것은 아무 것도 아닌 듯 말하고 있다는 생각이었다.

"정말 못 보았어?"

선생님의 목소리는 안타까웠다. 나는 그 돈을 훔쳐갔다고 말하고 싶은 것을 느꼈지만 고개를 저었다. 현우의 말이 떠오른 것은 이 때였다.

"아이들은 도상이가 훔쳤다고 말하던데요."

뻔뻔스럽지만 하는 수 없다는 생각이었다. 난 천지신명께 맹세코 돈이라는 것을 훔친 적은 없었다. 선생님은 잠시 무엇을 생각하는 기색이었다. 그동안 나는 도상의 손버릇이 어떻고, 마을이나 학교에서 어떤 일들을 저질러왔는지 말할 단어를 생각하고 있었다.

"설마 내 서랍에 손을 댔을까?"

선생님의 눈에 잠시 동요의 빛이 보였다. 그 눈은 텔레비전에서 본, 죄인을 앞에 두고 어떤 형을 내려야 할지 고심하는 판사의 눈과 비슷했다.

"그 녀석도 자신을 믿어주는 사람에게는 나쁜 짓을 하지는 않아."

그렇다면 나보다 그 녀석을 더 믿고 있었던 것일까, 어쩌면 도상에게 뒤집어씌우면 책임을 물을 수 없으니까 그러는 것은 아닐까. 약간 화가 난 나는 잠깐 동안 일어났던 일을 되돌려 보여주고 싶은 심정이었다.

"다른 애들도 그런 말을 하던데요."

나는 혐의를 벗기 위해 안간힘을 썼다.

"아니야, 창문도 잠겨 있었어."

선생님은 고개를 흔들었고 나는 볼 위에 엉긴 눈물을 손바닥으로 쓱 닦았다.

"저는……."

"정말 너는 아니지. 사실대로 말해 줘."

이제 매직을 훔친 일 따위는 그다지 중요한 것이 못되었다. 나는 다시 눈에 눈물이 고이는 것을 느꼈다. 정말 완강한 인간이로군. 매직을 훔쳤으니까 돈도 당연히 내가 훔쳤다는 거야? 속으로 항변하며 나는 자신의 생각이 틀린 지 점검해 보지 않는 인간은 개울 속에 빠뜨려버려야 한다고 생각했다.

"아니에요, 저는."

이렇게 말하며 나는 지금 내 모습이 얼마나 모순에 차 있는지 느꼈다. 이런 때 내 모습은 울음을 터트리고 있어야 했고, 선생님 앞에 무릎을 꿇고 큰 소리로 결백을 외쳐야 했다. 그와 동시에 마당을 서성거리고 있을 어머니의 모습도 떠올랐다. 어쩌지, 이번 일은 쉽게 끝날 것 같지 않은데, 속이 탄 나는 발을 동동 구르고 있었다.

잠시 후 나는 선생님이 내게 무얼 바라는지 알 것 같았다. 선생님은 내 입으로 돈을 훔쳤다고 말할 순간만을 기다리고 있었다. 결국 정직이나 진실은 이런 거로군. 그런데 막상 죄를 인정하려고 하니 걱정되는 것이 있었다. 죽는 날까지 도둑의 오명을 안고 살아야 하며, 두고두고 이 순간이 후회되리라는 것이었다.

"저는 정말로 돈을 훔치지 않았습니다."

내 말이 끝나자, 그는 입가에 엷은 미소를 지었다. 그래, 선생님은 내 말을 믿을 수 없을 거야. 나는 선생님의 매직을 훔쳐서 실망, 아니 배신감을 안겨 드렸으니까… 나라는 녀석은 어떤 벌을 받아도 불평할 자격이 없는 거야. 내가 잠자코 있는 사이 선생님의 말이 이어졌다.

"네가 고백하기만 하면 조용히 끝낼게. 돌려 달라고 하지도 않을 것이고 아이들에게 알리지도 않을 거야."

그 순간 나는 돈을 훔치고 선생님께 거짓말을 하고 있는 것이 아닐까 싶었다. 사실 난 내가 생각해도 믿을 수 없는 녀석이었다. 우리 집은 가난해서 친구들에 비해 가질 수 있는 물건이 적었다. 그래서 나는 친구들의 물건에 수십 차례 눈독을 들였고 몇 번은 실지로 친구 물건을 훔쳤었다. 나라는 놈은 선생님의 말에 대답할 자격조차 없는 놈이었다.

수업이 끝나고 아이들이 모두 나간 뒤 내 몸과 손이 어떻게 움직였는지 생각해 보았다. 창문에 미색 커튼을 치고, 칼로 갖가지 그림이 새겨진 맨 뒤의 책상에 손을 짚고 교실을 둘러본다. 아, 그 전에 창문을 도와 준 녀석들이 있었다. 어쩌면 그 놈들이 훔쳐갔는지 모른다. 하지만 그 놈들은 지금 이 자리에 없다! 그 다음, 앞문을 닫기 전에 평소에는 가까이 가지도 못했던 선생님 책상을 쓸어 보고, 다른 한 손으로 죄스러운 느낌이 들지만 서랍을 연다. 그 다음 누가 볼세라 파란 매직을 하나 꺼낸다. 순간 교실 전체가 파랗게 변한다. 잠시 후 나는 그것을 들고 문도 닫지 않고 뛰어 간다…….

선생님이 의자에서 일어났다.

"숙직실에 가서 이야기 좀 하자. 다른 애들한테는 네가 열쇠당번이라서 더 할 얘기가 있다고 하고."

내가 고개를 숙이고 있는 동안 선생님은 파란 슬리퍼를 끌고 현관을 향해 걸어갔다. 철썩철썩 하는 소리가 점점 작아졌다. 그런데 슬리퍼와 마룻바닥이 마주치면서 나는 소리가 내게 따귀 때리는 소리로 들렸다. 내 볼을 만져보았다. 방금 누군가에게 맞은 것처럼 열에 들떠 있었다. 아이들은 선생님 말씀에 어떤 표정을 지을까. 아마 내가 범인이라는 것을 눈치 채고 짓궂은 미소를 나눌 거야. 그런 생각을 하는 사이 슬리퍼 소리가 다시 커지고 있었다.

"가자."

나는 어미 소를 따르는 송아지처럼 선생님의 발뒤꿈치를 졸졸 따라갔다. 아이들이 제발 집으로 돌아가 줬으면. 하지만 내 바람은 실현되지 않았다. 아이들은 아까 그 자리에 어찌된 일인지 내게 물을 듯한 표정으로 서 있었다.

복도는 동굴 속처럼 어둡고 길었다. 동굴 속에서 길을 잃은 사람의 기분을 알 것 같았다. 4학년 교실, 교무실, 교장실을 차례로 지났다. 선생님은 3학년 교실 중간쯤에서 오른쪽으로 방향을 틀었다. 몇 개의 댓돌을 지나면 선생님들이 숙직할 때 사용하는 방이 있었다.

"먼저 들어 가."

선생님은 나를 먼저 들어가게 한 후 문을 닫고 들어왔다. 숙직실 안은 약간 어둡고 음산한 느낌이 들었다. 아무런 장식도 없고 단지 라디오,

거울, 침구, 손전등, 목에 걸 수 있도록 가죽끈이 달린 야광시계가 있을 뿐이었다. 그것들 중 내 눈길을 끈 것은 바로 매시간 태엽을 돌려주어야만 작동한다고 들은 적이 있는 야광시계였다. 이것을 보자, 텔레비전의 수사반장 취조실 벽에도 걸려 있었던 것 같은 생각이 들었다.

"자, 이제 사실을 말해 보자. 여기는 엿들을 사람도 없고 너와 나 둘 뿐이니까 말이야."

이제 내가 물러설 자리는 없었다. 끝까지 돈을 훔치지 않았다고 버티든가, 훔치지 않았지만 훔쳤다고 거짓말을 하는 수밖에 없었다.

"선생님!"

더 이상 나는 선생님 심문을 견딜 재간이 없었다. 나는 끝까지 버티려던 생각을 버리고 선생님 요구에 순순히 응하리라 작정했다. 그 때 내게 마루에 앉아 한참을 기다리다 집을 나서는 어머니의 모습이 떠올랐다.

"그래, 말해 봐!"

"제가 돈을 훔쳤어요."

지칠 대로 지친 나는 될 대로 되라고 생각했다. 그 순간 선생님의 얼굴에 이런 표정이 떠올랐다. 빨리 말했으면 좋잖아, 그랬다면 여기까지 올 필요는 없었을 테니까.

"돈은 세어 보았니?"

"아니오."

"그럼 어디다 두었어?"

순간적으로 당황했지만 그런 내색을 보이지는 않았다. 나는 은밀한 장소를 떠올리고 거기에 지폐 몇 개와 동전을 그려 넣었다.

"집에 있는 낮은 굴뚝 속에 숨겨 두었습니다."

뒤안에 서 있는 두 개의 굴뚝 중 하나는 기와에 진흙을 버무려 높게 쌓아올린 것이었고 또 하나는 비에 젖지 않게 비료포대를 잘라 씌워놓은 낮은 굴뚝이었다.

"자, 그러면 집에 가 봐."

선생님은 약속대로 돈을 돌려달라고도, 내가 나쁘다고도 말하지 않았다. 나는 선생님께 인사를 하고 서둘러 숙직실을 빠져 나왔다. 뒤에서 다시 선생님이 부르면 어쩌나 두려웠기 때문이다. 달리는 동안 여러 가지 사물이 내 옆을 스쳐 지나갔다. 푸석거리는 줄기만 남은 화단의 해바라기, 자물쇠가 잠긴 창고, 교사 밑의 환기통 등. 그것들이 내게 바보나 등신이라고 비웃는 듯했다. 하지만 나는 아무래도 좋았다. 어머니만 집에서 기다려 준다면 이깟 고통쯤 아무 것도 아니라는 생각이 들었다. 그런데 변소 앞을 지날 때 네댓 명의 아이들이 앞으로 툭 튀어나왔다.

"어찌된 거야, 상수야?"

난 아무 말도 하지 않고 뛰기만 했다. 공터를 지나 곧장 집으로 달려 들어갔다. 마당에 들어서기 무섭게 나는 큰 소리로 어머니, 하고 불렀다. 나만의 목소리가 허공에 울려 퍼지며 하늘을 가를 듯 쨍, 하는 소리를 냈다. 눈물이 핑 도는 것을 느끼며 마루를 기어 창호지가 발린 방문을 열었다. 방안에는 아무도 없었다. 어머니는 날 기다리다 못해 출발하신 것이었다.

나는 모퉁이를 돌아 뒤안의 굴뚝을 향해 걸어갔다. 집 외벽을 검게 그을려 놓은 낮은 굴뚝 속으로 손을 집어넣자, 며칠 전에 넣어 둔 매직이 손에 잡혔다. 그런데 손에 느껴지는 감촉이 이상했다. 나는 서둘러 매직을 꺼냈다. 시커먼 검댕이 묻은 내 손에 잡힌 매직은 더 이상 파란빛이 아니었다. 열기로 인해 누렇게 변색되어 있었고, 모양은 일그러져 더 이상 쓸 수 없는 것으로 변해 있었다. (끝)

잃어버린 꿈, 오국성

잃어버린 꿈, 오국성

두만강에 부는 바람은 물결을 기슭으로 밀어 보냈다. 그것이 기슭에 닿아 스러지기 무섭게 다음 물결이 기슭을 향해 다가갔다. 그러면서 기슭을 눈에 보이지 않게 조금씩 밀어내고 있었다.

햇살은 아직 뜨겁고 구름은 여전히 아름다웠다. 이따금 부는 차가운 바람이 아니라면 음력 10월인가 싶을 정도였다. 이징옥은 언덕 위에 서서 시조를 짓고 있었다. 그동안 여진인들이 강을 넘어오고, 다시 쫓겨가며 많은 일이 있었다.

북방을 지켜 온 삼십 년 동안 이징옥은 늘 바람이 부는 벌판에 서 있었다. 한 때는 여진인을 호령하며 북방을 지켜냈지만, 6진이 안정된 후부터는 방향을 바꾸어 여진 추장들과 돈독한 관계를 맺으려 수렵대회를 열기도 했다. 사실 그들은 신라 삼국통일 때 헤어진 고구려의 유민으로, 조선을 부모의 나라로 섬겨왔다. 한민족이 신단수를 모시는 것처럼 그들도 자작나무를 섬기고 있었고, 바이칼 호수나 백두산을 모태 성지로 여기고 있었다. 명(明)이 교역을 구실로 첩지를 발행하는 등 이간질을 한

탓에 분란이 생긴 것이었다.

바람이 불어오자, 휭 하는 소리와 함께 자작나무 가지가 부르르 떨었다. 그때 말발굽 소리가 가까워지더니 전령이 말에서 내리는 것이 보였다. 잠시 후 도진무 이행검이 전령을 데리고 왔다.

"무슨 일인가? 종성까지."

"장군님, 평안우도 도절제사가 왔습니다."

"도절제사가 대체 무슨 일로?"

"소인은 잘 모르겠습니다."

이징옥은 말을 타고 경성의 도절제사영으로 향했다. 평안우도 도절제사라면 파저강 정벌작전에도 참여한 박호문이었다. 그는 누구보다 여진족에 대해 잘 아는 정보통이었다. 여진 추장들과 친했고, 여진어에도 능통했다. 다만, 청렴하지 못해 비난을 받았고, 김종서 장군을 모함했다가 참형을 당할 뻔한 적이 있었다.

박호문과 같이 온 군관들과 병사들이 함길도 절제사영 관아에서 그를 기다리고 있었다.

"멀리서 추운 길을 오시느라 고생하셨습니다."

"고맙네. 중요한 일이니 주위 사람들을 물리쳐 주게."

"그러지요. 안으로 들어가십시다."

둘은 관청 안으로 들어갔다.

"조정에서 함길도 절제사 발령 문서를 가지고 왔네."

"무어라고요? 그걸 한 번 봅시다."

이징옥은 깜짝 놀랐다. 이런 중차대한 일에 대해 함길도 감영에서 들은 바가 없었다. 관찰사 김문기와 교대한 성봉조로부터 아무런 연락도 받지 못했다. 그는 문서를 자세히 읽고 또 읽었다. 틀림없이 이징옥이 한양에 와서 다음 직책을 받으라는 명령이 적혀 있었다.

"도절제사는 한양으로 가면 될 것이오."

"알겠소이다. 조정의 명에 따르겠소."

"발병부부터 인수인계 하십시다."

박호문은 서두르고 있었지만, 이징옥은 침착하게 말했다.

"오늘은 늦었으니 다음 날 신표를 드리겠소."

발병부는 발병이라는 글자를 새긴 손바닥만 한 나무판으로 뒷면에 절제사의 칭호를 새긴 것이다. 그것을 반으로 쪼개 오른쪽은 절제사가, 왼쪽은 왕이 보관했다. 박호문이 가지고 온 발병부 반쪽과 이징옥이 가진 반쪽을 맞추어 이상이 없으면 바로 병권을 장악할 수 있었다.

그날 밤 이징옥은 잠을 이루지 못했다. 아들까지 데려온 박호문이 어딘가 미심쩍은 데가 있었다. 절제사에 미련이 있어서가 아니었다. 몇 번이나 사직 상소를 올렸음에도 허락하지 않던 조정에서 갑작스럽게 청을 들어주다니 이상한 일이었다. 그러나 누구보다 충직한 무인이었던 이징옥은 미련 없이 절제사영을 떠나기로 하였다. 권력을 누리며 편안하고 안락한 삶을 원했다면 형인 이징석처럼 내직을 돌며 조정에 남아 있었을 것이다.

오랫동안 풍증을 앓고 있어 2, 3년 동안 병을 치료하고자 했을 때에도 이징옥은 쉴 수 없었다. 그때 세종대왕은 어약을 내려 그를 달래었다. 이것은 아주 특별한 일이었다. 불과 서른 살도 먹지 않는 청년 장수에게 왕이 어약을 내리신 것은 전례가 없는 일이었다. 그는 성은에 감사하며 누구도 대신할 수 없는 자신의 직분에 충실했다.

모친상을 당했을 때도 마찬가지였다. 이징옥이 사직 상소를 올리자, 어찌했던가. 세종대왕은 결코 다시 상소를 올리지 말고 억지로 상복을 벗고 빨리 그 직책에 나아가라고 하였다. 그가 북방에 처음 발을 디뎠을 때부터 써온 일기에는 그날의 아픔이 고스란히 담겨 있었다.

1438년(세종 20년) 무오년 4월
모친의 상을 당했는데 삼년상도 치르지 못하고 백 일 후에 임소(任所)에 돌아가라고 하시다니. 나는 군인이고 명을 따를 뿐이지만 밤마다 하늘의 별을 보고 고향의 하늘을 쳐다본다. 이 땅의 이름이 있거나 없거나 힘이 있거나 없는 모든 사람이 부모의 묘 옆에 초막을 짓고 삼 년을 기리는데 나만이 모친의 죽음을 애도할 시간을 얻지 못하였구나. 살아 계실 적에도 효도를 하지 못하고 죽음에 이르러서도 도리를 다하지 못하는구나. 하지만 어쩌랴. 이것이 나의 사명인 것을. 어려운 일이 있을 때마다 김종서 대감을 떠올린다. 대감도 나처럼 이랬을까. 이런 아픔 속에서도 나라를 위해 당신을 희생했을까. 아마 그랬을 것이다. …지나가는 저 철새들이 돌아오거든 고향 소식을 물어볼까. 혹 지나가는 바람에게 소식을 얻어듣는 것은 아닐는지.

얼마 지나지 않아 그는 전임 함길도절제사였던 김종서 장군도 현직에 있을 때 비슷한 일을 겪었음을 생각해냈다. 김종서 장군도 여진족을 몰아내고 6진을 설치한 뒤 7년 동안이나 집에 돌아가지 못하고 변방에 있었다. 이를 위로하기 위해 세종은 태조가 도선무순찰사인 정도전에게 동옷을 내렸던 것처럼, 두만강을 경계로 하는 강역을 확정하기 위해 김종서를 보내면서 자신이 입고 있던 홍단의를 하사했다. 이런 통치방식은 이징옥에게도 이어졌다. 문종은 부왕의 뜻을 이어 함길도를 안정시키기 위해 상중에 있던 이징옥에게 의복을 내려주었다.

계유년 10월 20일 함길도절제사영을 떠나기 전날 쓰다.

이제야 고향으로 돌아가니 기쁜 일이 아니던가. 뒤에 아늑한 산이 있고 대나무 숲에는 바람이 일 때마다 노랫소리가 들렸지. 마을 앞에는 주변의 높은 산에서 흘러나오는 맑은 양산천이 흐르고 있고. 활쏘기 연습을 하던 곳, 집 앞에 있던 갑옷 바위도 생각난다. 이제 하늘이 내게 준 사명은 다했다. 한양에 가거든 사직을 청하고 낙향할 생각이다. 돌아가신 부모님 산소를 지키면서 못다 한 효를 다하며 살아야겠다. 풍질이나 치료하면서 보내리라. 정몽주 선생을 기리는 학자들이 간월산 기슭에 작천정을 세웠다는 데 거기도 한 번 가보고.

다음 날 이징옥은 호위 군사 10여 명만을 데리고 경성의 도절제사영을 떠났다. 아들 자원, 윤원도 함께였다.

"제발 떠나지 마십시오."

늙은 백성들이 이징옥의 주위로 몰려왔다. 그들 가운데는 자식을 잃은 사람도 있었고 전쟁에서 팔다리를 잃은 사람도 있었다. 그에게도 고향이나 다를 바 없었다.

"조정의 명인데 어찌하겠는가? 새로운 장군이 여러분과 생사를 함께할 것이네."

분위기는 숙연하고 백성들 가운데는 땅에 엎드려 통곡하는 이들도 적지 않았다. 작별을 고하는 과정에서 한참 지체가 되었다.

"자, 이제 그만 가자!"

이징옥이 말에 오르고 일행은 함길도절제사영을 출발했다.

오랫동안 이징옥이 말이 없었기 때문에 누구도 입을 떼지 않았다. 말발굽 소리만이 들릴 뿐이었다. 그는 이곳에 처음 오던 때를 생각하고 있었다. 두만강 너머를 보며 오래전에 상나라를 세운 동이족이 한족에 밀려 내려오다 고구려를 세웠을 때를 생각하니 가슴이 벅찼었다. 그 후 동이족은 말갈족이나 여진족으로 불렸다. 발해는 다시 고구려를 재건했고, 금나라는 발해를 계승했기에 발해수도근처에 나라를 세운 것이다. 그러다 연해주까지 뻗어 갔던 발해가 망한 후 남쪽으로 밀려난 동이족은 고려나 조선을 세워 대국을 섬기게 되었다.

계유년 1453년 10월 23일

만리장성 바라보며 고구려를 그리노라
말달리던 영웅들은 어디로 갔는가
권력에 눈먼 신하들 명나라만 쳐다보네.

유교가 들어온 이후 이 땅 사람들은 사대주의자가 된 것이 틀림없어. 김부식이 유학자였고 묘청은 전통 풍수사상을 숭상하던 사람이었지. 묘청으로 인해 우리도 황제를 가지게 되었지. 묘청이 죽은 후 이 땅에는 황제는 없고 왕만 있었지.

이징옥은 오색 줄을 두른 큰 바위를 보며 성황당 앞에서 돌을 하나 쌓았다. 힘들고 어려운 백성들의 편안함과 안녕을 빌었다. 이 땅의 정령들에게도 빌었다. 비나이다, 비나이다 성황님 전에 비나이다. 하늘의 뜻을 보며 사는 우리 백성, 굽어살펴 주옵소서. 천세 만세 보살펴 주옵소서.

그사이 일행은 고개를 하나씩 넘고 있었다. 다시 산모퉁이를 돌아 얼마쯤 내려왔을 때 뒤에서 두 아들이 소곤소곤 나누는 이야기가 들려왔다.

"아버지가 14살, 큰아버지가 18살 때 무슨 일이 있었는지 알아?"

자원이 동생인 윤원에게 물었다.

"무슨 일 말인데?"

"할머니가 편찮으실 때인데, 하루는 살아 있는 멧돼지 고기를 자시고 싶다고 하신 거야. 워낙 두 분이 무예가 출중하고 용력이 대단하시니까 말이지."

"그래서 어떻게 됐는데?"

"큰아버지는 그날로 산돼지를 활로 잡아오셨어. 큰 멧돼지를 어깨에 메고 돌아와서는, 산 채로 잡기는 하였으나 메고 올 기운이 없어 죽여서 가지고 왔노라고 했어. 할머니는 큰아버지의 기운을 칭찬하면서 용기를 북돋아 주셨고. 그런데 아버지는 안 돌아오셨지. 해가 져도 돌아오지 않았고. 사흘이 지나도 돌아오지 않자 이거 큰일이 난 거야 싶어 할머니가 시체만이라도 찾아와야 한다고 했지. 그러니까 큰아버지가 나서서 찾아오겠노라고 했어. 그런데 그때 아버지가 나타나셨는데 어찌된 일인지 맨손인 거야. 아무 것도 들려져 있지 않고. 그래서 할머니가 그러셨대. 남들이 네 형의 용력이 너보다 못하다는데 어찌 맨손으로 돌아왔느냐, 물으니 아버지가 문밖에 나와 보시라고 했대. 그런데 웬걸. 문밖에 큰 산돼지가 누워 헐떡거리고 있드라는 거야. 멧돼지를 발견한 아버지가 사흘 동안 산돼지를 쫓아다니자 그만 항복을 하고 따라온 거래."

"정말 대단한 장사이셨나 봐."

"호랑이를 산 채로 잡아끌고 다녔다는 얘기는 들었어?"

"듣기는 들었지."

"김해에서 자주 호식을 당하는 일이 있으니 아버지께서 김해 부사를 찾아간 일이 있었지. 그런데 나이가 열여섯이라 어려서 그랬는지, 뇌물이 없이 가서 그랬는지 문전박대를 하더란 거야. 그래서 아버지가 호랑이를 산 채로 잡아 관아에 풀어놓았다는 이야기지."

"관아는 혼비백산이었겠네."

"부사는 절대 다시는 뇌물을 안 받겠다고 맹세를 해야 했다네."

이징옥의 큰 소임에서 벗어났다는 홀가분함도 있었지만 어딘지 모르게 불안하고 위태로워 차분해질 수 없었다.

'절제사는 책임이 무거운데 박호문이 가만히 와서 교대하는 것은 웬일인가. 조정에서 전일에 큰일이 없으면 나를 부르지 아니하겠다는 말씀이 있었는데 지금 일도 없이 나를 교대시킴은 반드시 까닭이 있을 것이다. 김종서 대감에게 무슨 일이 있는가. 자신을 모함하고 노선이 다른 박호문을 함길도로 보낼 리 없지 않은가. 북방정책에 무슨 변화가 있는 것인가. 설혹 그렇더라도 대감이 귀띔이라도 해 주었을 일이 아닌가.'

부친이 사망했을 때도 그랬다. 이징옥이 3년 상을 치르겠다며 사직을 청했으나 문종은 허락하지 않았다. 대신 문종은 부하 장수가 "우리 장군님은 추운 겨울에도 겨울날 입을 옷이 한 벌밖에 없습니다."라고 직소하자 부왕의 뜻을 이어 함길도를 안정시키기 위해 좋은 털옷을 내려 주었다.

'본도 절제사 이징옥은 가산을 돌보지 않고 오래 변방에 임사하여 생계가 본래 어려웠다. 그럼에도 불만의 소리도 한 번도 낸 적이 없다. 또 그의 처가 죽은 지 이미 오래니 누가 그의 옷을 줄 것인가.'

단종이 즉위했을 때도 그러했다. 북방에 머문 지 이미 30개월이 되었으니, 마땅히 교대되어야 하지만 변방의 숙장은 얻기 어렵다며 사직을 허락하지 않았다.

이징옥은 한양에서 일어난 일에 대해서는 전혀 알지 못한 채 한양을 향해 내려가고 있었다. 그는 낙향하여 자신을 낳아준 땅에 감사하며 고향에서 살 생각이었다. 그런데 한양으로 60리쯤 내려갔을 때였다. 이징옥과 일행은 우연히 주막에서 한양에서 온 객상들이 나누는 소리를 들었다.

"자네들 그 소식 들었나?"

"무슨 소식 말인가?"

"수양대군이 정변을 일으켰다네. 안평대군과 대호 대감이 반란을 꾀한다는 구실로 대감도 죽이고 다른 대감들도 대역모반죄로 죽였다네."

이징옥은 가슴이 철렁 내려앉았다. 피비린내 나는 전장을 달리며 말로 표현할 수 없는 긴장 속에서 살아왔지만 자신도 모르게 몸이 부르르 떨렸다. 그는 자신의 신분을 드러내지 않고 끝까지 들어보기로 했다. 김종서 대감과 수양대군 일파의 갈등은 어제오늘의 일이 아니었다. 작년에 동생 이징규가 함길도 절제사 영에 찾아왔을 때도 그런 이야기를 나눈 적이 있었다. 그때 동생은 심상치 않은 일이 생길지도 모른다는 말을 했다.

"조정의 형세가 어떤가?"

"돌아가신 세종대왕이나 문종 대왕님이 돌아가시면서 재상들에게 어린 왕을 보필할 것을 고명하면서 의정부가 정치를 도맡아 하게 되었는데."

"그러니 김종서 대감 책임이 막중하지."

"왕실의 힘이 약해지니 왕실은 왕실대로 불만이고, 출세가도를 달리던 집현전 학자와 유학자들도 이게 무슨 신하 중심의 유교 정치냐, 하고 불만을 토로하고 있지요. 재상들 합의체가 완전히 국정을 쥐고 흔든다고 말이죠."

"대간들이 가만있지 않겠군."

"맞습니다. 일이 김종서 대감에게 유리하게 돌아가면 좋지만, 사람 일이란 알 수 없는 것이 아닙니까? 안평대군도 그렇지만 수양대군이 문젭니다. 수양대군만이 병석에 있던 문종대왕께 접근할 수 있었는데, 원! 세상에 종기환자한테 자꾸 찬물을 먹게 했다는데… 병세도 대신들에게 안 알렸답니다. 쉿, 작정을 하고 죽인 게 아닐까 싶습니다. 물론 이건 그냥 소문입니다만."

"잘못되면 나는 김종서 대감 일파라고 살려두지 않겠지?"

"형님으로 끝날 문제가 아니외다. 양산 이씨 가문이 멸문지화를 당할 수도 있다는 것을 왜 모르십니까?"

"두려움 없는 삶이 있던가? 또 그랬다면 어찌 지금의 내가 있겠는가. 사람은 모름지기 자신의 할 일을 다 하고 하늘의 뜻을 기다리면 될 일이 아니던가?"

"아니, 형님이 그렇게 고지식하니 이런 변방에서 썩고 계시는 것이 아닙니까? 지금까지 형님이 얻은 것이 무엇입니까?"

이징옥은 화를 내지 않았다. 대신 빙그레 웃었다.

"허허, 그런가. 나처럼 변방에서 세월을 보내면 조정의 권력 싸움에 대해서는 무감각하게 되네. 백성들이 밤사이 안녕한지 팔다리는 무사한지 관심을 갖게 된다네. 매일 해가 뜨고 지는 것을 보고, 비오고 눈 내리는 것을 보며 그들을 위해 기도를 하네."

"아버님은 양산부원군이 되시고 형님 둘이나 저나 뛰어난 장수가 되어 세상에 이바지하고 존경을 받으며 살아왔습니다. 그런데 어느 날 갑자기 집안이 멸문지화를 당할 수도 있다니 아무리 간이 큰 사람일지라도 얼마나 두려운 일입니까?"

"그래, 맞네, 동생. 때가 되면 내가 가만히 있겠나. 내 모든 것을 걸고 일어날 게야. 지금 말을 앞세울 수는 없지만 나를 믿고 기다리게."

그때 이징옥은 동생 이징규와 이런 말들을 나누었다. 그래, 다가올 일이 온 것뿐이야. 그는 눈을 감았다 떴다. 눈썹이 파르르 떨리고 김종서 대감이 죽었다는 소식에 눈물이 쏟아질 것 같았다. 거친 북방을 달리며 생사고락을 같이 한 사이였으니 대감은 그의 스승이며 아버지였다.

백두산 호랑이는 죽었는가 살았는가
지나는 바람결에 피비린내 무슨 말가.
변방의 외로운 영혼 달랠 길이 없어라.

이징옥은 속으로 울고 있었지만 아직 그것을 드러낼 계제가 아니었다.

"실례하네. 자네는 어디서 그런 소식을 들었는가?"

이징옥은 객상에게 물었다. 객상은 망설임 없이 대답했다.

"한양 사람만 아니라 조선 천지, 아는 사람은 이제 다 알지요. 열흘이나 지난 일인데요."

"그러면 임금님은 어찌 되었는가?"

"아직 어린 임금님이 그 자리에 계시지요. 병권, 인사권은 다 수양대군이 틀어쥐고 있고요."

"수양대군이 임금님을 가만히 놔둘란가?"

"양녕대군이나 효녕대군, 집현전 학자들과 신하들도 같이 일어났다는데 힘없는 임금님은 시키는 대로 할 뿐이지요. 예휴, 불쌍한 우리 임금님!"

"신하들도 들고일어나? 참 이상한 사람들이네. 지금껏 대호 대감 없이 어떻게 이 조정을 이끌어 갈 수 있었겠나? 수양대군한테 다 휘둘렸구만!"

이징옥에게 수양대군은 왕위를 탐내는 야심가였고, 사대주의자에 지나지 않았다. 단종 즉위년 10월 명나라에 사은사로 갔을 때 한 행동을 보아도 그랬다. 일개 낭중인 웅장이 전하는 물품을 "명나라 황제께서 내리시는 것이니, 의리로 보아 받을 수 없다"며 일어나서 얼마나 공손하게 받았던지.… 그전에 하마연을 주관할 때는 사신의 자리를 조선 임금 자리인 북쪽에 설치하기도 했었다.

이런 수양이 이징옥의 마음에 들 리 없었다. 자주적인 이징옥은 한족의 나라인 명(明)이 세계의 중심이라는 것을 쉽게 받아들일 수 없었다. 명의 사신으로 온 윤봉을 접반사로서 맞이했던 때의 일이다. 윤봉이 매를 잡는다는 핑계로 수백 명의 일행을 대동하여 백성들을 괴롭히고, 허락 없이 개를 잡아들이고, 바친 가죽의 수량이 모자란다 하여 관리들을 죽을 지경으로 폭행했다. 화가 난 이징옥은 사신을 처벌하지는 못하고 잡아 놓은 매를 몰래 숨겨 놓았다가 날려 버렸다.

날쌔고 용맹한 조선의 매는 명에서도 인기가 높았다. 권력층이나 부자들이 갖추어야 할 사치품이었다. 심지어는 황제까지 매를 기를 정도였다. 그래서 명의 사신이 올 때마다 조선에서는 매를 잡아 바쳐야 했는데 이것이 백성들을 힘들게 했다.

이 일로 이징옥은 의금부에 체포되었다. 사신이 명에 돌아가서 보고하는 날에는 심각한 일이 발생할 수도 있었던 탓이다. 세종은 황희와 맹사성 같은 대신들을 소집하여 의논하였지만 그 방법이 없었다. 그런데 자신의 과오가 들통 날까 두려웠던 윤봉이 "이징옥은 잘못이 없으니 제발 풀어 달라."며 애원하여 이징옥이 의금부 국문을 받고 외방에 부처(유배형)되는 것으로 일단락되었다.

이징옥은 한양으로 돌아가기를 포기했다. 조정은 이미 수양의 세계가 되어 있을 터였다. 그는 김종서의 사람이었고 어떤 죄목을 걸려 멸문을 당할지 알 수 없었다. 결코 혼자 죽는 것으로 끝나지 않을 일이었다.

"아버님, 어찌 이런 일이 있을 수 있습니까?"

자원과 윤원이 주먹을 쥐고 분개하고 있었다.

"돌아가서 군사를 끌고 한양을 쳐야 합니다."

이징옥과 함께 변방을 지키던 두 아들도 뛰어난 무장이 되어 있었다.

"정변을 일으킨단 말이냐? 일단 돌아가도록 하자."

그는 함길도로 말머리를 돌리기로 했다.

"자, 말에 오르자!"

그들은 서둘러 말을 몰았다. 머지않아 일행은 함길도 절제사영에 닿았다. 이미 날은 어두워지고 박호문은 잠자리에 든 상태였다. 이징옥은 갑옷을 받쳐 입고 영문에서 도진무 이행검을 찾았다.

"내가 빠뜨린 게 있다. 박 절제사에게 영문 밖으로 좀 나오시라고 해라."

이때 뒤늦게 나타난 박호문이 당황하여 큰 돌로 문을 막고 문틈으로 활을 쏘며 저항했다. 그러나 박호문은 이징옥의 상대가 되지 않았다. 이징옥 휘하의 장사가 쏜 화살에 박호문은 죽고 말았다. 이징옥은 영문 안으로 들어가 군을 장악했고 부하들로부터 환영을 받았다.

"절제사 만세! 이징옥 장군 만세!"

이징옥은 박호문을 효수하여 내걸도록 이르고 박호문의 아들 박평손을 다그쳤다.

"네 아비는 과연 조정에서 제수한 것이냐?"

두려움에 질린 박평손이 고개를 저었다.

"아니옵니다."

"네가 사실대로 말하면 참작을 할 것이다. 무슨 일인지 말해 보거라."

"아버님이 한양에 다녀온 것은 사실입니다. 병조판서가 된 수양대군으로부터 발령을 받은 것입니다."

"이 말이 죽어도 거짓이 아니렸다?"

박평손이 잠시 망설였다. 부하들이 박평손을 죽이기 위해 칼을 높이 들자 외쳤다.

"어찌 조정에서 제수 받지 않고 도절제사가 되겠습니까? 당신들, 이

절제사 말을 따르면 뒤에 반드시 후회할 것입니다."

"무어라고? 이놈이!"

박평손을 심문했지만 더 이상 나오는 것이 없었다. 이징옥은 박평손을 옥에 가둘 것을 명했다.

이징옥은 기병을 남으로 보내 정탐을 하도록 했다. 수양대군이 난을 일으켜 김종서·황보인 등을 죽이고 사실상 국권을 장악했다는 소식은 사실이었다. 이징옥은 군사를 일으켜 쿠데타를 일으킨 역적 수양대군 일파를 토벌하기로 결심했다.

"수양대군이 함길도의 영웅, 김종서 대감을 죽였다. 또 많은 충신을 죽이고 정권을 장악했다. 어린 임금을 감히 겁박하는 반역자 수양의 무리를 응징하기 위해 우리는 거병한다! 후세 사람들이 우리를 무어라고 말할 것인지 두려워하지 말라. 우리는 의를 지키기 위해 분연히 일어섰고 역적을 타도한 전사로 길이 청사에 남을 것이다. 지금까지 그래왔지만 나는 여러분이 살면 함께 살고, 죽으면 같이 죽으리라."

그는 6진의 지휘관들에게 격문을 돌렸다. 소식을 들은 장수나 병사들은 분개했고 수양의 행위에 치를 떨었다. 누구도 거병의 당위성을 묻지 않았다.

그러자 여진인들이 만주에 명나라와 대적할 제국을 건설하기로 했음을 알려왔다. 당시 명나라 정통제는 오이라이트의 에센을 정벌하기 위해 50만 대군을 이끌고 나갔다가 대패하여 자신도 포로가 되었다. 이른 바 토목의 변이었다. 여세를 몰아 에센은 북경까지 쳐들어왔지만 명은 결사적으로 방어한 끝에 살아날 수 있었다. 오라이트와의 전쟁에서 명은 50만 대군만 잃은 것이 아니었다. 에센이 정통제를 돌려보내면서 황제가 둘이 되는 혼란이 가중되었다. 만주도 명나라 군사 5만이 지키는 요동도지휘사가 있기는 했지만 사기가 저하되고 많이 약화되어 있었다. 이 틈을 탄 여진족들은 여러 부족이 힘을 모아 명나라의 종주권을 부인하고, 고구려의 옛 땅을 영토로 한 대민족 국가인 대금국을 세우기로 합의하고 이징옥 장군을 황제로 추대하고 싶다는 전갈을 보내왔다.

이징옥은 오로지 전쟁터에서 30년을 보냈다. 1416년 무과 별시에 17세의 어린 나이에 장원 급제하여 관직에 첫발을 디딘 그는, 세종 5년 황상의 추천으로 경원첨절제사에 임명되어 아산에 침범한 여진족을 격퇴한 이후, 여진인에게 유아대저라는 극존칭으로 불리기 시작했다. 얼마 지나지 않아 후금을 세우게 될 누르하치의 의미가 멧돼지 가죽이었으니 대단한 존칭이 아닐 수 없다.

한 번도 전투에서 패배하지 않은 용맹한 전사였지만 그는 함부로 여진족을 죽이거나 약탈하지 않았으며 해당 지역의 백성에게도 선정을 베풀어 높은 지지를 받았다. 여진인들이 이징옥을 자기편으로 끌어들이려고 여자나 재물을 갖고 찾아와도 추상같은 호령으로 유혹을 물리쳤다. 그러는 사이 그는 여진인의 마음속에 태양과 같은 존재로 자리 잡고 있었다.

이징옥이 회령을 지키고 있는데, 성질이 굳세고 용감하여 정령(政令)이 매우 엄격하였으며, 적변(賊變)이 있으면 즉시 무장을 갖추어 성 밖으로 나가서 적을 기다리니, 싸움에 크게 이기지 않은 적이 없었다. 여러 부의 야인(野人·여진족)들이 매우 그를 두려워하고 꺼려서 감히 침범하지 못하고, 그를 '어금니가 있는 큰 돼지'(有牙大豬)라고 불렀다. 야인 중에 원망을 품고 있는 사람이, "그가 술 취한 틈을 타서 쏘아 죽이자!"라고 모의하자 그 측근의 사람은 "비록 술에 취하더라도 범할 수가 없을 것이라."라고 말했다.(〈세종실록〉 18년 11월27일)

이징옥은 경원부사, 회령부사 등 함길도 장수들을 불러 모았다. 비상사태를 선포하고 병사들에게는 경계를 철저히 할 것을 지시했다.

"여러분도 아시겠지만 난을 일으킨 수양대군이 함길도에 자기 수하를 보내 차지하려고 했습니다. 앞으로의 일에 대해 여러 장수분들의 의견을 듣고자 합니다."

화난 듯한 표정의 회령부사가 먼저 나섰다.

"김종서 장군 원수를 갚아야 합니다. 함길도 백성들에게 존경받던 대호 대감을 죽인 자들에 대한 충성? 우리는 거부합니다. 우리 병력은 한양에 있는 병력을 능히 이길 수 있습니다. 신기전을 쏘며 몰아치면 한양을 함락할 수도 있습니다. 함길도에만 2만 대의 신기전이 있고 조선 최고의 정예가 있습니다."

"군사를 모으고 작전을 준비하려면 서둘러야겠군. 기병들 위주로 먼저 편제를 하고. 그런데 그 와중에 많은 백성들이 다치겠군."

이징옥이 회령 부사를 쳐다보았다.

"장군님, 마음을 독하게 잡수십시오. 수양대군 일파는 태종 이래 세종, 문종 임금까지 모신 곧고 절개를 지킨 대감들을 죽여 피가 강을 이루고 목은 종로거리에 내걸렸습니다. 한시라도 지체해서는 안 됩니다."

박호문이 효수된 사실은 머지않아 한양에도 알려질 것이었다. 며칠이 걸리지 않을 터였다. 조정에서는 각지에서 군사를 징발하여 군대를 파견할 것이 틀림없었다. 이징옥은 선택할 길이 없었다. 싸우다가 죽느냐, 스스로 투항하여 많은 사람의 피를 흘리지 않느냐의 길이 있을 뿐이었다.

경성부사가 침착한 목소리로 말했다.

"여기에서 머물면서 적을 맞이하는 것이 좋을 줄로 압니다. 도절제사 군영은 많은 수의 적이 쳐들어와도 방어하기 좋은 위치와 지형에 있습니다. 병력으로 따져도 우리는 실전을 경험한 동북아의 최정예 부대입니다."

이징옥은 한참 생각에 잠겼다. 종성판관 정종의 목소리가 이어졌다.

"장군님, 한양으로 진격하는 일은 쉽지 않습니다. 여기서 한양은 천 리가 넘습니다. 다른 지역에서 군사를 일으킨 자들이 없다면 온 병력을 함길도에 집중할 것이고, 어쩌면 쉽게 끝날 수 없는 전쟁이 될지도 모릅니다. 차라리 강을 건너 장군님을 받드는 여진인들과 함께 나라를 세우시고 장차 명과 조선을 속국으로 만드십시오."

그러자 도진무 이행검이 큰 목소리로 반대했다.

"여진족이 지금은 우리의 명령에 따르고 있지만 언제 배반할지는 알 수 없습니다. 지금이야 우리가 교역권이나 군사권을 가지고 있지만 이곳을 떠나 만주로 들어가면 어느 여진인들이 말을 듣겠습니까? 아마도 여진족은 연합하여 우리를 공격하게 될지도 모릅니다. 지형을 모르는 곳도 얼마나 많이 있습니까? 어느 곳에 매복하고 있을지도 정녕 모르는 사실입니다."

"그럼 어떻게 하는 것이 좋겠는가? 여진인의 청을 거절하면 앞뒤로 적을 두게 될 수도 있네."

밤늦도록 회의가 이어졌다가 동이 틀 무렵에야 끝났다.

계유년 10월 25일

남으로 내려갈까. 북으로 올라갈까.
북방의 바람소리 방황하는 나그넬세
오국성 천년국가를 세워본들 어떠리.

그동안 조선에만 황제가 없었다. 얼마나 통탄스러운 일인가. 최영 장군이 주장했던 것처럼 요동을 점령했더라면 얼마나 좋았을 것인가. 정도전 대감이 훈련한 진법으로 요동을 정벌했더라면 조선의 기상은 더욱 드높아지고 윤봉 같은 명의 사신에게 조선 왕이 쩔쩔매는 일은 없었을 것이다. 여진인의 바람처럼 내가 대금 황제가 되는 날이 올까? 한 번도 황제가 되려고 한 적은 없는데. 나는 이 땅에 태어남을 자랑스럽게 생각하고 백성들을 사랑한다. …그러나 이 나라에도 황제가 있다고 외칠 수 있다면 얼마나 호기로운 일인가. 오국성, 대금 황제!

다음 날 이징옥은 도진무 이행검 등 호위부대를 이끌고 종성을 향해 달리고 있었다. 군사들의 사기는 하늘을 찌를 것처럼 높았다. 한양 진군 명령만을 기다리고 있었다.

부하장수들과 여진인들은 거듭 충성을 다짐하는 글을 보내왔지만 병력이 집결할 때까지 이징옥은 기다릴 수 없었다. 더구나 여진의 5부족 연합 부대도 종성을 향해 내려오고 있었다. 윤원과 자원, 두 아들은 경성에서 기다려 달라고 요청했지만 그것은 그의 방식이 아니었다. 6진의 군사들과 참전할 여진족의 사기를 드높이려면 자신이 모습을 드러내야 했다. 그렇지 않으면 거병은 실패로 돌아갈 수도 있었다. 그러면 그가 역적이 되는 것은 물론이고 함께 일어선 군사들 또한 조정의 처벌을 면하기 어려웠다.

그는 몇 일째 잠을 이루지 못하고 있었지만 말은 북방 추위 속을 뚫고 용감하게 달려가고 있었다. 이징옥은 맨손으로 호랑이를 잡던 때를 생각하고 있었다. 한참 용력이 대단하던 때의 일이었다. 여진 장수들을 단칼에 무너뜨리던 순간도 떠올랐다. 그렇게 지나간 삶이 폭풍처럼 빨리 지나가고 있을 때, 이징옥은 손이 떨리며 눈앞이 캄캄해지는 것을 느꼈다. 갑자기 머리가 터질 것처럼 아파왔다. 또 그놈이 왔어. 풍질이 온 거야. 이제 다 나은 줄 알았는데. 몸을 비틀던 그는 차츰 정신을 잃어가고 있었다. 안 돼, 여기서 멈출 수는 없어.

잠시 후 이징옥은 말에서 굴러 떨어졌다. 이후 그는 다시는 일어나지 못했다. 그 때 나이 54세였다. (끝)